# De twaalfde man

Jac. Toes
&
Arnold Jansen op de Haar

# De twaalfde man

DE GEUS

Eerder verschenen als feuilleton in *De Gelderlander*
Omslagontwerp Cees Mooij en De Geus BV
Omslagillustratie en illustraties binnenwerk © Cees Mooij
Foto auteur © Cees Mooij
Drukkerij Haasbeek BV, Alphen a/d Rijn
ISBN 90 445 0956 X
NUR 331

# De twaalfde man

# 1 De weg naar Duitsland

*Varkens waren immers de dieren die het meest op mensen leken.*

De lucht boven het asfalt trilde in de middaghitte. In de verte stond midden op de A12 een vrachtwagen. De politiewagen waarmee hij, vlak voor de grensovergang Beek, was klemgereden, stond er nog schuin voor geparkeerd.

Manzo Gorzak trok een verrekijker uit zijn body en keek toe hoe twee ME-busjes met gillende remmen aan weerszijden van de weg tot stilstand kwamen. De deuren schoten open en een tiental leden van een arrestatieteam rende naar buiten. Ze verspreidden zich in een halve cirkel om de vrachtwagen en richtten hun wapens op de laaddeuren. Manzo benijdde die jongens niet. Onder hun kogelvrije vesten en bivakmutsen moesten ze drijfnat van het zweet zijn.

Twee mannen schoten op een teken van de leider van het

arrestatieteam naar voren en gingen op handen en voeten voor de laaddeuren zitten. Uit een van de ME-busjes kwam een man tevoorschijn, die was gehuld in een decimeter dik bomvrij pak en een helm met vizier. Hij rende naar de achterkant van de vrachtwagen, ging boven op zijn twee maten staan en drukte kleefmijnen tegen de deuren. Daarna rende hij terug, gevolgd door zijn helpers.

Een paar seconden later volgden de explosies, die de deuren uit hun hengsels bliezen. Meteen kwam de leider van het arrestatieteam naar voren met een megafoon en sommeerde iedereen ongewapend naar buiten te komen.

'Slechts gekleed in onderbroek', riep hij erachteraan.

Niemand verscheen in de deuropening. De commandant gebaarde naar de man vlak achter hem. Die posteerde zich voor de opening, gooide een rookgranaat naar binnen en vuurde enkele salvo's af. Direct daarna doken twee collega's voorover in de laadruimte, maakten een koprol en verdwenen in het rokende vrachtgedeelte. Een paar minuten later kwamen ze teruggerend en meldden ze zich bij de commandant. Er volgde een kort gesprek dat hij besloot met een gebaar alsof hij zijn manschappen zegende. De lopen van alle automatische wapens zakten gelijktijdig.

Eerder die middag was rechercheur Manzo Gorzak na een Melding Acute Dreiging van de Dienst Landelijke Recherche afgereisd naar de grensovergang Beek. De eerste uren na deze MAD waren verloren gegaan aan een zorgvuldige observatie van het 'target'. Daarvoor was een camerarobot op pad gestuurd. Afgezien van verregaande roestvorming in het chassis was er niets alarmerends ontdekt.

Daarna was er anderhalf uur niets gebeurd totdat een mobiele containerscan uit de Rotterdamse haven was aangevoerd. Met dat apparaat kon je dwars door de wanden van de laadruimte kijken. Op de monitor waren slechts varkenslijken te zien. Koortsachtig overleg tussen de verbindingswagen ter plekke en het crisiscentrum in Nijmegen volgde. En nu was men dus eindelijk in actie gekomen.

Het verweerde politiepasje dat Manzo Gorzak tevoorschijn haalde, stamde nog uit de tijd dat hij bij Zeden werkte. De agente bij de afzetting trok haar wenkbrauwen op en bekeek het kritisch. De nieuwelingen kenden hem niet, besefte hij. Daarvoor was hij er te lang tussenuit geweest. Terwijl de agente zich een paar meter met het pasje terugtrok en zijn naam ter controle in een portofoon lispelde, bekeek Manzo het terrein dat door een overmacht aan politiepersoneel was afgezet. Rond de gebouwen van de douane, die sinds de opening van de grenzen verlaten waren, wemelde het van de uniformen. Een colonne Duitse politiebusjes draaide langzaam rondjes op het enorme parkeerterrein erachter. De agente kwam terug en hield het pasje nogmaals op ooghoogte.

'Wat scoorde jij voor je ogentest?' vroeg Manzo.

Ze gaf hem met een hoofdbeweging toestemming door te lopen.

'Ik zou nooit met een jeugdfoto lopen zwaaien', zei ze toen hij over het rood-witte afzettingslint stapte.

Manzo grinnikte inwendig. Lef hadden ze tegenwoordig wel.

Hij liep op de leider van het arrestatieteam af.

'Willen ze niet terugvechten, Harco?' vroeg hij.

'Vandaag niet, Manzo, vandaag niet.'

Manzo herkende de stank van de dood onmiddellijk toen hij zich in de laadruimte hees. Varkens waren immers de dieren die het meest op mensen leken.

De chauffeur had alle systemen, inclusief de koeling, uitgeschakeld nadat hij was aangehouden. Manzo knipte het zaklampje aan zijn sleutelbos aan. De zwakke lichtbundel gleed over de rijen hangende karkassen in het beginstadium van rotting. Theoretisch konden daarin nog explosieven verstopt zitten. Voor de zoveelste keer vals alarm, concludeerde hij, nadat hij had geconstateerd dat er zich ook geen zelfmoordcommando's onder de varkens bevonden.

Op de rand van de laadruimte bleef hij staan en keek de snelweg af. In de verte schitterden eindeloze rijen autodaken in de avondzon, misschien wel tot Den Haag. Hij hoopte het van harte. De verantwoordelijke ministers en ambtenaren zouden dan misschien zien wat ze aanrichtten met deze overspannen acties. Er waren meer dan driehonderd bussen Oranjesupporters onderweg. En deze voetballiefhebbers waren in toenemende staat van ongeduld en dronkenschap. Nog even en die bussen waren zo toegetakeld dat ze niet eens verder kónden rijden.

Zijn mobiel alarmeerde hem. Hij luisterde een paar seconden en sprong op het asfalt.

'De hel is nu ook in Arnhem losgebroken', zei hij in het voorbijgaan tegen Harco.

Manzo reed over de snelweg terug naar de stad. Hij zette de mobilofoon aan. Er was druk berichtenverkeer, in schril contrast met zijn weghelft waar bijna geen autoverkeer was. De Duitsers hadden alle toegangswegen naar de A12 afgesloten. De Duitsers hebben de zaak wel onder controle, dacht hij, in Nederland is het óf *red alert* óf *no alert*.

Halverwege moest hij afremmen voor groepjes Oranjesupporters die de files naar Duitsland beu waren en auto's probeerden aan te houden die de andere kant op reden. Er werd tegen zijn BMW geslagen. In zijn achteruitkijkspiegel zag hij talloze opgestoken middelvingers. Sukkels, dacht hij, in Arnhem lopen jullie recht in een fuik. Het station en het gebied in een straal van driehonderd meter was afgezet, hoorde hij. De ontruiming van de belendende kantoorpanden was in volle gang. Ook het busstation was onbereikbaar geworden. Het treinverkeer was daar inmiddels volledig stilgelegd. Alle binnenkomende treinen waren vlak voor de stad gestrand. Een deel was op weg naar Duitsland om het Oranjelegioen naar de stadions te brengen.

Manzo blies zijn adem luidruchtig uit. Waarvoor al die ophef, wat was er nu weer bedacht? Een mogelijke aanslag met wagons, geladen met giftige chemicaliën, gokte hij. Dagelijks reden er tientallen van zulke tikkende tijdbommen door de Arnhemse woonwijken. Of gewoon een ouderwetse zelfmoordenaar die zich wilde opblazen te midden van het Oranjegewoel. Er was al maanden geleden voor gewaarschuwd. Of een simpele sabotage van de rails, met een ontsporing als gevolg.

Het beste kon hij zijn auto buiten het centrum parkeren en te voet de spoorbaan nemen, bedacht hij. Hij reed door naar het KEMA-terrein en parkeerde zijn wagen bij de gelijknamige toren. Ook een geschikt terroristisch doel, trouwens. De stroomvoorziening voor half Nederland werd vandaar met zenders geregeld, wist hij. Hij klauterde het talud af en wandelde tussen de rails naar het station.

Uit een gestrande trein, die langzaam in een bakoven moest veranderen, keken de passagiers hem met een mengeling van jaloezie en boosheid na. Een peloton platte petten lette erop dat niemand uitsteeg om zijn weg lopend te vervolgen. Hij toonde zijn pasje aan een jonge inspecteur, die overdadig zweette.

'Laatste meldingen?' vroeg hij.

De inspecteur draaide zich om en wees op Arnhems meest recente trots, heuse *twin towers* die het landschap tot in de verre omtrek domineerden.

'Er zijn twee verdachten in de blauwe toren gelokaliseerd', zei de inspecteur. 'Ze hebben zich verschanst op de bovenste etage. Ze beschikken over zware wapens.'

Wat voor zware wapens? wilde Manzo vragen, maar hij werd afgeleid door geschreeuw verderop.

'Laat me los, eikels!'

Een jonge vrouw had de deuren geopend en was op het grind gesprongen. Drie man stormden op haar af en grepen haar vast.

De inspecteur draaide zich om.

'U bent aangehouden', riep hij, en tegen de agenten: 'Fouilleren en afvoeren.'

Manzo hoorde de handboeien klikken.

'Waarvoor?' schreeuwde de vrouw.

De inspecteur maakte slechts een wuifgebaar en wees de agenten dat ze met hun buit langs de trein moesten lopen.

Tegen Manzo zei hij: 'Zo laten we het publiek zien dat we meteen ingrijpen.'

Manzo knikte bedachtzaam.

Hij kende de vrouw. Hij had haar kort geleden nog gezien.

# 2 Bijvangst in Wageningen

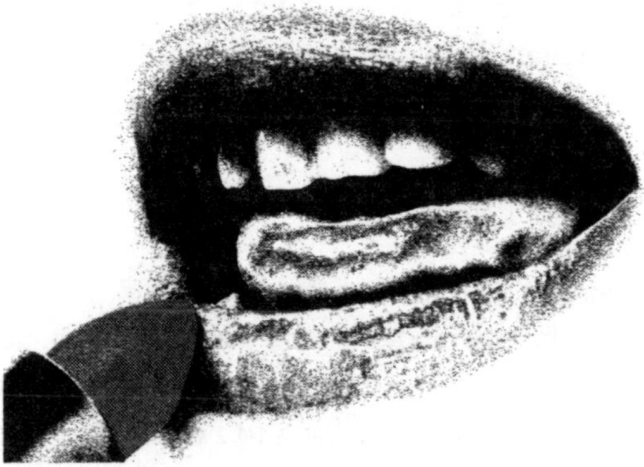

*Zo goed en zo kwaad als het ging, werkte ze haar make-up bij.*

Heleen vond haar arrestatie onrechtvaardig, onrechtmatig en onzin. Ze had alleen maar een luchtje willen scheppen. En dan was ze nog gefouilleerd ook, voor het oog van een afgeladen forensentrein. Dat had ze niet gepikt en daarom zat ze hier voor 'wederspannigheid bij aanhouding'. Goed genoeg voor een nachtje cel, oordeelde de wachtcommandant.

Het eerste uur was ze nog verbaasd geweest. Bovendien had ze het koud in haar dunne jurkje. Na een tweede uur op het harde beton van haar slaapplaats was er kwaadheid voor in de plaats gekomen. Ze had in de intercom geroepen dat ze eruit wilde. Als antwoord had de arrestantenwacht via de afstandsbediening de wc in de hoek doorgetrokken. Nou ja zeg, als haar ouders haar zo zagen. Ze had haar vader niet eens mogen bellen. Terwijl hij nota bene advocaat was. Zou ze hier een strafblad aan overhouden? Kon ze slecht gebruiken nu haar rechtenstudie er bijna op zat. Ze gooide haar paardenstaart los en wenste dat ze voor haar kaptafel in haar studentenflat zat. Een erfstuk, dat haar moeder destijds met een veelbetekenende blik had meegegeven.

'Je bent nu volwassen', had ze gezegd. 'Zorg dat je er altijd verzorgd uitziet.'

Ze wist precies wat haar moeder bedoelde: zoek een leuke man.

'Eerst advocaat worden', zei haar vader.

'Nou ja, en dán een leuke man', vond haar moeder.

Nadat de celverlichting, eveneens op afstand, was uitgeschakeld, staarde ze een tijd lang in het duister.

De droge klik van de sleutel wekte haar. De arrestantenwacht keek om de deur: 'Hier is iemand voor u.'

De man achter hem stak een vlezige hand uit.

'Manzo Gorzak', zei Manzo Gorzak.

'Heleen Akkerslag,' zei Heleen, 'waar is hier de badkamer?'

Hij haalde zijn schouders op.

'Eerst de procedures', zei hij.

Hij ging haar voor naar de wachtcommandant waar ze een envelop met haar spullen kreeg. Ze liep mee met Manzo een andere gang in.

'Daar is een kraan', zei hij.

Ze schoot langs hem heen en bekeek zich in de spiegel.

'Briljant, hoor', zei ze. 'Ik zie er briljant uit.'

Zo goed en zo kwaad als het ging, werkte ze haar make-up bij. Donkere eyeliner en donkerrode lippenstift, die kleurde bij haar even rode haar.

In de gang stelde Manzo zich opnieuw voor. Hij had deze Heleen Akkerslag kort geleden nog gezien. Dit was de studente die hem tijdens een gastcollege in Nijmegen kritische vragen had gesteld. Halverwege de twintig, duur gekleed. Halflang haar, rood, maar niet geverfd. Pumps. En een zomerjurkje dat veel te koud was voor een verblijf in de cel. Meer een Leids tiepje. Hij had het niet zo op Leidse tiepjes.

'Ik ken jou van de collegezaal', zei Heleen. 'Had je me gisteren niet kunnen helpen?'

Manzo fronste maar zei niets.

Heleen monsterde hem. Knap, maar niet op de klassieke manier. Eerder getekend. Een licht overgewicht, stelde ze vast. Hoe oud zou hij zijn? Veertig? Hij droeg een kostuum van slechte kwaliteit. Zijn gezicht had wel iets jongensachtigs. En dan die zwarte lok.

'Ik ben de mentor bij je onderzoeksstage', zei Manzo.

'Jij hoort bij dat gajes', zei ze.

Manzo knipperde met zijn ogen. Deze dame ging dus een scriptieonderzoek bij de Arnhemse politie doen. Het was dat het om een tegenprestatie voor haar professor ging... Haar onderwerp: de wettelijke grenzen van terrorismebestrijding. Misschien was ze bij hem aan het verkeerde adres. Zojuist was hij aangewezen om een zaak in Wageningen te onderzoeken. De rest van het politiekorps was te druk met de afhandeling van de MAD's. De 'terroristen' in de Arnhemse torens waren twee onderhoudsmedewerkers gebleken. Hun hogedrukspuiten waren voor zware wapens aangezien. Vals alarm dus, maar vrijwel elke leidinggevende was afgereisd naar het Nijmeegse crisiscentrum om de zaak te analyseren.

Hij keek naar Heleen. Hij was nog niet eerder mentor van een studente geweest. En nog niet eerder had hij er een uit de cel moeten halen. Ze was mooier dan op het pasfototje dat ze had moeten inleveren.

‘We kunnen meteen op pad’, zei hij. ‘Probleem in de Wageningse haven.’

‘Ik dacht het niet’, zei Heleen boos. ‘Zet me maar thuis af.’

‘Thuis?’ vroeg Manzo.

‘In Nijmegen’, zei Heleen.

‘Dan zul je toch eerst mee moeten naar Wageningen.’

Mopperend volgde ze hem.

Om haar wat te ontdooien vertelde Manzo onderweg over de actie Groot Vuil Weg, een pr-campagne van de Wageningse brandweer. Hij verzweeg dat er bij toeval een auto was opgedregd met twee mensen erin. En ook dat het om een misdrijf kon gaan.

Groot Vuil Weg, dacht Heleen. Het klonk als: klein leed geen bezwaar. Wie verzon die dingen?

Manzo vertelde ondertussen dat zijn vader uit Hongarije kwam en zijn moeder uit Curaçao. Vandaar die lichtbruine teint, dacht Heleen.

Toen ze in de haven arriveerden, was de technische recherche al aanwezig. Een agent lichtte Manzo in.

‘We vragen ons vooral af hoe die auto zo ver uit de walkant is gekomen.’

‘Meegenomen door het roer van een schip?’ opperde Manzo.

De brandweer was inmiddels bezig de deur van de auto open te breken. Een cameraploeg drong zich door de menigte.

‘Kunnen jullie het zien?’ mompelde Manzo.

Hij wist hoe mensen konden genieten van de smerigste details. Soms had hij de indruk dat de tv-journaals daar gretig op inhaakten. Als men ze serieus zou beoordelen, zouden de nieuwsjournaals nooit door de filmkeuring komen. Snel gaf hij een paar agenten opdracht iedereen, inclusief de pers, op afstand te houden.

Manzo nam Heleen bij de arm en loodste haar naar het wrak.

'Als je er niet tegen kunt, draai je je gewoon om.'

Met zijn mouw veegde hij over de voorruit.

'Mijn God!' riep Heleen. En nog eens: 'O, nee, God!'

Ze sloeg haar handen voor haar mond.

'Je went er nooit aan', zei Manzo automatisch en hij ging door met schoonmaken.

Nog jong en onbedorven, dacht hij. Hij had eerder mensen zien beven in deze omstandigheden. Van een afstandje was het sensatie. Maar als mensen zo dicht bij de dood kwamen, dachten ze altijd aan hun eigen dood. En dan beefden ze. Maar de spieren in Heleens gezicht trokken zich onregelmatig samen, alsof een onzichtbare hand haar aangezicht samenkneep. Ook dit had hij eerder gezien. Maar dan kende men het slachtoffer.

'Bosselaar', stamelde Heleen. 'En Fatima.'

'Wat!?' vroeg hij. 'Bosselaar en Fatima?'

'Ik wil naar huis', huilde ze.

# 3 Gemengde berichten

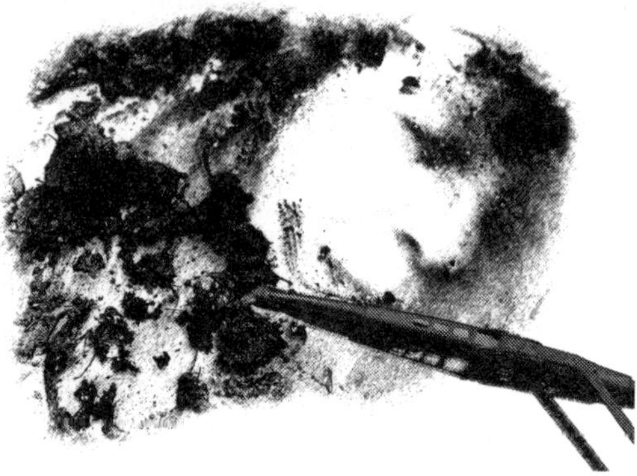

*De aanblik van de dode Fatima... in die bemodderde wagen...*

Na een onrustige nacht schrok Heleen wakker van de voordeurbel. Ze opende haar ogen en wachtte af. Er werd nogmaals gebeld, langer dit keer.

Snel schoot ze in een ochtendjas. Voor de deur stond een jongeman in een driedelig pak. Met zijn ene hand hield hij een mobiele telefoon tegen zijn oor gedrukt, in de andere bungelde een attachékoffer. Hij mompelde iets in het toestelletje en stelde zich voor. Die en die van zus en zo, ze was te slaperig om het tot zich door te laten dringen.

'Ik heb een afspraak', kondigde hij aan en hij duwde de deur verder open.

Omdat ze bleef staan, gebaarde hij ongeduldig naar de trap.

'Op de bovenste etage', verklaarde hij.

Heleen liet hem binnen. Gapend liep ze terug. Een makelaar, vermoedde ze. Aan de lopende band werden de wooneenheden in het pand doorverkocht.

In haar kamer zag ze Fatima's collegedictaten liggen, waarin ze tot diep in de nacht had gebladerd. Met een schok kwamen de herinneringen aan de dag daarvoor terug. Gorzak die haar uit de cel haalde en met geen woord waarschuwde voor wat haar te wachten stond. De aanblik van de dode Fatima en Karle Bosselaar in die bemodderde wagen... Ze ging zitten en probeerde de tranen terug te dringen.

Aan inspecteur Gorzak had ze weinig steun gehad. De rest van de dag was hij helemaal in beslag genomen door het onderzoek. Ze had verloren rondgedwaald in het mistroostige haventje. Pas tegen drie uur 's middags had hij haar bij zich laten roepen. In een politiebusje mocht ze op een bankje plaatsnemen. Voor een verhoor.

Hoe kende ze Bosselaar eigenlijk?

'Hij was mijn prof!' had ze hem toegebeten.

Dat had ze hem namelijk meteen al verteld. Bij hem zou ze afstuderen op dat terrorismeonderzoek. Hij had haar antwoord droogjes op een laptop ingevoerd. Ze had zich maar gevoegd naar het vraag-en-antwoordspel.

Wat voor man was deze Karle Bosselaar?

'Bosselaar was een Bekende Nederlander', antwoordde ze. 'Als er problemen bij het Openbaar Ministerie of het politieapparaat waren, dan was hij de eerste bij wie de tv-nieuwsrubrieken aanklopten en...'

Ja, dat wist hij ook wel, had Manzo haar onderbroken, maar wat voor mán was het?

'Hij was een uitstekend jurist, misschien wel de beste in Nederland', antwoordde ze. 'Ambitieus natuurlijk, ijdel ook, maar hij beschikte over een charisma...'

Manzo nam niet de moeite dat op te schrijven.

'Wat weet je van zijn verhouding met Fatima Ansloo?'

Ja, ze kende ze, de roddels: Fatima was het liefje van Bosselaar. Ze wist dat het geen roddels waren, het was simpelweg waar. Fatima had haar toevertrouwd dat ze een bloeiende liefdesrelatie met Bosselaar onderhield. Heleen had geheimhouding moeten beloven. Bosselaar was getrouwd en het universiteitsbestuur accepteerde niet dat docenten en studenten meer dan een professionele interesse voor elkaar toonden. Manzo schreef haar antwoord dit keer weer op en informeerde of Fatima nog andere vriendjes had. Of vriendinnetjes?

'Ik weet dat ze vóór Bosselaar scharrelde met een jongen van medicijnen. Ik heb ze één keer gezien, ze wandelden in het Kronenburgerpark.'

'En jij? Hoe close waren jullie? Waren jullie vriendinnen?'

'Vriendinnen? Ja.'

'Hartsvriendinnen?'

Ze aarzelde. Ja, hoe goed kende ze Fatima eigenlijk? Hun gesprekken gingen altijd over de actuele stand van zaken. Over de vriendjes bijvoorbeeld, ook over de intieme details als maten en formaten. En over uitgaan en bijbaantjes. En hoe ze die verplichte studiepunten bijeen konden sprokkelen. Over Fatima's achtergrond wist ze niet veel. Alleen dat haar ouders in Portugal woonden. Ze waren streng katholiek – daar had Fatima haar naam aan te danken.

'We studeerden samen op', zei ze. 'We gaven elkaar de collegeaantekeningen, we zaten altijd naast elkaar, maar hartsvriendinnen... nou, daarvoor was ze te...' Ze voelde zich verlegen worden. '...te anders', besloot ze.

Daarna had Gorzak haar met een politiewagen naar huis laten brengen.

's Avonds had ze de aantekeningen bekeken die ze samen

met Fatima had gemaakt. Fatima was een tekentalent. Tijdens de ellenlange hoorcolleges hadden ze op elkaars blocnotes tekeningetjes gemaakt. Visuele cryptogrammetjes, waarin ze de spot dreven met hun medestudenten, hun docenten, het studentenleven, nou ja, met alles wat hun voor de pen kwam.

Hun eigen geheimtaal.

En nu... nooit meer onderonsjes met Fatima tijdens de pauzes. Geen onderdrukte giechelbuien in de collegezaal. Geen vrolijke biertjes na afloop in Trianon, hier vlak tegenover. Nooit meer een pizzaatje pakken in Ankara...

Lusteloos sloeg ze de krant open. Voetbal, politiek en de gebruikelijke oogst aan Moord, Doodslag & Ander Ongerief, zoals Bosselaar het placht uit te drukken. En natuurlijk de naweeën van het tumult rond de zogenaamde aanslagen bij Beek en in Arnhem. Een hele pagina ingezonden berichten van verontwaardigde Oranjesupporters. Ook het redactioneel commentaar zette vraagtekens bij zo'n enorme politie-inzet, die tot zo'n gering, ja zelfs lachwekkend resultaat had geleid.

Pas op de streekpagina vond ze een kort artikel over Bosselaar en Fatima.

Bij een auto-ongeval in Wageningen zijn twee slachtoffers gevallen...

Onzin! Ze smeet de krant weg en kleedde zich snel om. Een auto-ongeluk!?

Kwam dat bericht van Gorzak? Toen ze de straat op fietste, werd ze bijna aangereden door een optrekkend busje.

'Stommeling', mompelde ze automatisch, maar meteen waren haar gedachten weer bij dat zogenaamde auto-ongeval.

Ze zou Gorzak wel eens aan zijn verstand brengen dat hier geen sprake was van toeval... Het viel haar pas bij de Wedren op dat het busje haar nog steeds niet was gepasseerd. Ze keek achterom terwijl ze afsloeg naar de Oranjesingel en herkende de jongeman die ze had binnengelaten. Pas toen het busje langzaam met haar meereed op het Keizer Karelplein, kreeg ze de indruk dat ze werd gevolgd. En voor het station wist ze het zeker: terwijl ze haar fiets vastzette, zag ze de bestuurder ijlings uitstappen. Ze haastte zich het station binnen en schoot net op tijd tussen de dichtslaande deuren door de trein in.

Was ze hem kwijt? Ze wachtte tot ze weer rustig kon ademhalen en besloot het treinstel door te lopen.

Ze trof haar achtervolger al in het volgende compartiment. Hij keek naar buiten, maar ze ontmoette zijn oplettende ogen in de spiegeling van de ruit.

Ze liep door naar het toilet en belde Manzo.

'Ik word gevolgd door een vreemde vent', zei ze paniekerig. 'Wat moet ik doen?'

# 4 Een mannenman

*'Daar staat-ie!' riep ze. Ze wees naar een man.*

'Uitstappen in Elst', zei Manzo. 'En dan neem je de volgende trein.'

'En als hij ook uitstapt?' vroeg Heleen.

Ze hoorde hem zuchten.

'Spring er maar op het allerlaatste moment uit.'

Hij beëindigde het gesprek.

Ze wachtte een paar minuten. Iemand klopte op de deur van de wc. Ze hield haar adem in. De voetstappen verdwenen. Pas toen de trein helemaal stilstond, durfde ze de wc te verlaten. Vanaf het perron drong een grote groep zingende en feestende Oranjesupporters de trein binnen. Ze kwam klem te zitten tussen twee jongens.

'Hé, lekker ding', zei de ene en hij sloeg een arm om haar schouders.

Ze rook een zware dranklucht en worstelde zich naar buiten, ondertussen om zich heen kijkend waar haar achtervolger was. Ze constateerde tot haar opluchting dat hij op het balkon werd ingesloten door een joelende menigte. Vlak voordat de deuren zich sloten, glipte ze naar buiten.

Toen Heleen een halfuur later op het hoofdbureau tegenover Manzo zat, viel hem op wat ze droeg: een beige mantelpakje. En appelgroene pumps. Het stond haar mooi, vond hij. Gek dat hij dat dacht: mooi. Hij lette altijd op wat iemand droeg. Maar hij dacht zelden in mooi of lelijk. Hij schudde de gedachte van zich af en keek haar doordringend aan.

'Dat geval Bosselaar en Fatima', zei hij. 'Een doodgewone zelfmoord. Meer kan ik er niet van maken.'

'Nonsens!'

Een passerende collega keek door de openstaande deur naar binnen. Hij nam Heleen van top tot teen op en knipoogde. Manzo gebaarde hem door te lopen.

'Ja, zelfmoord', zei hij.

Hij schoof de foto van zijn vroegere vriendin achter een stapel dossiers. Heleen hoefde die niet te zien, vond hij.

'Waarom heeft Fatima mij dan geen afscheidsbriefje geschreven? Ze vertrouwde mij alles toe.'

'Sommige mensen geven geen waarschuwing', zei Manzo.

Dat wist hij uit ervaring. En uit ervaring wist hij ook dat er later meestal toch aanwijzingen werden gevonden. Voor de deur bleven nu twee collega's staan, die nadrukkelijk naar binnen staarden.

'Maar we sluiten niets uit', zei hij geruststellend. 'Kom, we gaan koffiedrinken in de stad.'

'Volgens mij ben jij een mannenman', zei Heleen toen ze het hoofdbureau verlieten.

Voor de zekerheid keek ze nog eens om zich heen.

'Een man-nen-man', zei Manzo. 'Je stottert toch niet?'

'Nee,' zei ze, 'ik heb er laatst over gelezen. Je hebt mannenmannen en vrouwenmannen. Jij bent een mannenman.'

Manzo had er nooit bij stilgestaan. Was het waar? Tja, in gezelschap van vrouwen werd hij altijd wel wat stug.

'Waarom ben ik een mannenman?'

'Een mannenman', zei Heleen, 'voelt zich op z'n best bij zijn soortgenoten. Hij houdt van bier en sport, vooral kijken naar sport. En hij vindt een uniform wel lekker zitten.'

'Ja, natuurlijk', zei Manzo spottend. 'En een vrouwenman?'

'Die heeft een wat minder uitgesproken voorkeur voor specifieke activiteiten. Hij pocht niet over zes orgasmen per dag. Hij is nieuwsgierig en open. Bescheiden ook. Hij zou zeker vragen waarom ik denk dat het geen zelfmoord is.'

'Nou, daar wilde ik het juist over hebben', zei Manzo toen ze bij Café Brasserie Dudok naar binnen stapten.

Manzo voelde zich de ontdekker van Dudok, hoewel deze gelegenheid al ruim drie jaar bestond. Eerst was er een Amerikaanse discountkledingwinkel gevestigd en daarvoor een bank. De tralies zaten nog voor de ramen. Het grote voordeel was de chaotische akoestiek. De mensen aan het tafeltje pal naast je verstonden geen woord van het gesprek dat je zelf voerde.

Ze passeerden de leestafel. Manzo mompelde een vage groet naar een journalist, die hier elke dag rond lunchtijd te vinden was. In gedachten noemde Manzo hem 'de pisbakjournalist' omdat hij hem altijd toevallig volgde naar de toiletten. Daar informeerde de man dan langs zijn neus weg naar nieuwtjes. Zo had hij gisteren naar informatie gevist over dat auto-ongeluk in Wageningen.

Er was een tafel bij het raam vrij. Een mannenman, dacht

Manzo weer, was dat nou positief of niet? Een serveerster met donker haar en een groen-rood gestreepte bril kwam een bestelling opnemen.

'We hebben je een tijd gemist, Manzo.'

Manzo keek Heleen aan alsof hij wilde zeggen: kijk, deze vrouw vindt me wél leuk. Manzo kende bijna al het bedienend personeel, de vaste kern zelfs heel goed. Het meisje met de bijzondere bril heette Myrta. Ze had ooit een gast aan een tafeltje naast hem afgeblaft omdat hij met zijn vingers had geknipt om een bestelling te plaatsen. Even later had ze Manzo toevertrouwd: 'Officieel ben ik heel lief.'

Sindsdien herhaalde Manzo als hij iets besteld had: 'En officieel ben je heel lief.'

Vandaag, met Heleen erbij, liet hij dat maar achterwege.

'Je wilde praten over de zélfmoord?' schamperde Heleen.

Manzo schrok op uit zijn gedachten.

'Zelfmoord, ja', zei hij en hij keek om zich heen of de journalist niet in de buurt was. 'Voorlopig zijn er geen aanwijzingen dat er misdaad in het spel is. Aan de lichamen was niets te zien.'

'Ben je altijd zo snel met je conclusies?' vroeg Heleen.

'Soms', zei Manzo. 'Luister, eigenlijk zouden we het moeten hebben over de wettelijke grenzen van terrorismebestrijding. Jouw scriptieonderwerp dus. Maar voorlopig ben ik bezig met de afhandeling van die zaak in Wageningen.'

'Afhandeling? Zááк?!' riep Heleen.

In de verte spitste de journalist zijn oren.

'Ja, ga het lekker rondbazuinen', siste Manzo.

'Het gaat om ménsen', zei Heleen, nu zachter. 'Mensen die ik ken.'

'Hoe dan ook, Heleen,' zei Manzo, 'je moet even geduld hebben, want iedereen, echt iedereen, is druk met een mogelijke aanslag op Nederlandse voetbalsupporters. Dus jouw scriptie staat niet hoog op ons prioriteitenlijstje. Ik geef je straks wel wat stukken om door te lezen. Begin daar maar mee. En mondje dicht over die dreiging.'

Heleen zuchtte en keek naar buiten.

'Daar staat-ie!' riep ze.

Ze wees naar een man. Hij stond voor de Eusebiuskerk en maakte een foto van het pand naast Dudok.

'Praat nou eens zachtjes!' zei Manzo. 'Waar?'

Hij volgde haar gestrekte wijsvinger.

'Dat is de man die me volgt.'

Manzo sprong op en rende naar de zware tochtdeuren, met de journalist in zijn kielzog.

Buiten stormde Manzo recht op de fotograferende man af. Die bewoog geen millimeter, alsof dat tumult nooit voor hem bedoeld kon zijn. Pas toen Manzo vlak voor hem stond, liet hij zijn camera zakken.

# 5 Tamelijk schizofreen

*...naar Heleen wees, die vanachter de getraliede ramen toekeek.*

De fotograaf schudde verwoed zijn hoofd toen Manzo naar Heleen wees, die vanachter de getraliede ramen toekeek. Manzo pakte de man bij de schouders, draaide hem om en wilde hem meenemen. De fotograaf trok zich los en riep iets naar een paar omstanders. Een van hen greep zijn mobiel. Manzo pakte de fotograaf nogmaals beet en draaide zijn arm op zijn rug. Zelfs binnen was het geschreeuw te horen. Van alle kanten kwamen nu mensen toegelopen, die op veilige afstand bleven staan.

'O nee, dit loopt uit de hand', fluisterde Heleen toen ze twee potige parkeerwachters zag naderen.

Ze liep naar buiten en was net op tijd om te zien hoe ze Manzo op de schouders tikten. Hij draaide zich als gestoken om. Ze meende te verstaan dat Manzo hen uitmaakte voor nepagenten, in ieder geval iets beledigends. Een van hen dook naar de voeten van Manzo terwijl de ander zijn hoofd in een klemgreep nam. In een oogwenk lag Manzo op de keien van het kerkplein met de parkeerwachters boven op hem. De fotograaf glipte weg. Heleen zag hem verdwijnen tussen de pilaren van het stadhuis. Ze liep op de parkeerwachters af.

'Dit is Manzo Gorzak', riep ze. 'Hij werkt zelf bij de politie!'

De greep van de parkeerwachters verslapte, maar ze lieten Manzo pas overeind komen toen hij zijn pasje had laten zien. Ze hieven hun handen in onschuld.

'Sorry, collega', zeiden ze. 'Dat konden we niet zien aan je blauwe ogen.'

Manzo wierp hun een vuile blik toe en nam Heleen bij de arm.

'We gaan naar het hoofdbureau', zei hij slechts.

'Je liep wel erg hard van stapel', zei ze, nagestaard door een menigte.

'We staan allemaal zo gespannen als een veer', zei hij. 'Vanochtend is code oranje afgekondigd. Iedereen is standby. In Nijmegen wordt een klap verwacht, maar wat en hoe...'

Manzo schopte een flessendop weg.

'Wéér zo'n MAD?' vroeg Heleen. 'Hoe reëel is dat nou eigenlijk? Kijk, die fotograaf bestaat echt, maar wat hebben júllie eigenlijk voor aanwijzingen?'

'Luister, je moet natuurlijk eerst onderscheid maken tussen dreiging en angst', begon Manzo. 'Voor een reële dreiging heb je drie feiten nodig...' Hij telde op de vingers van zijn hand. '...Eén: een steekhoudend motief. Twee: een uitgesproken dreigement. Drie: de dader moet over de wil én de capaciteiten beschikken om de maatschappij daadwerkelijk een slag toe te brengen.'

'Gaan jullie ook zo degelijk te werk bij moord?' vroeg ze, maar Manzo had haar al voor zich in de draaideur van het hoofdbureau gesluisd.

Binnen dirigeerde hij haar naar de lift.

'Feiten zijn plus. Fantasie is min. Angst is het negatieve resultaat als je te weinig feiten optelt bij te veel fantasie.'

Heleen knikte maar wat. Meer dan dat kon of wilde Manzo zeker niet zeggen.

'Is de doodsoorzaak van Fatima en Bosselaar al vastgesteld?' vroeg ze daarom.

'Ik verwacht ieder moment de uitslag van het lab in Rijswijk', antwoordde hij.

'En wat gaan we daarna doen?' vroeg ze.

'We?' vroeg Manzo. 'Neem jij maar wat stukken door voor je scriptie. *And don't jump to conclusions.* Ook niet over Wageningen. Zelfmoord of een ongeluk, ga dáár maar van uit.'

Hij stopte bij een archiefkamer en hield de deur open.

'Daar liggen wat dossiers.'

Bovenop lag een AIVD-rapport over dierenrechtenactivisten. Ze bladerde het even door en sloeg het met een boze klap dicht. Dierenrechtenactivisten... belachelijk om haar daarmee af te schepen. Dit was eerder iets voor Bosselaar geweest. Zijn specialiteit. Terrorismebestrijding en inlichtingendiensten. Fatima was zelfs voor Bosselaar een paar maanden bezig geweest met 'veldonderzoek'. Over wat dat inhield, had Fatima vaag gedaan. Ze had toen veel colleges gemist, maar Heleen had haar steeds bijgespijkerd. Als dank had Fatima beloofd haar materiaal te leveren dat ze goed kon gebruiken voor haar eigen scriptie.

Nog een kwartiertje bladerde ze door de dossiers, tot ze werd gestoord door Manzo die, zonder te kloppen, de deur opengooide.

'Ik heb net een voorlopig rapport uit Rijswijk gekregen. Fatima en Bosselaar zijn een onnatuurlijke dood gestorven...'

Heleen sprong op.

'Zie je wel! Ik wist het! Ze zijn...'

'...Vermoord? Nee, hoor, ik zei: on-na-tuur-lijk. Dat kan alles inhouden tussen moord en zelfmoord. Ik moet gaan.'

'Waarheen?'

'Naar Bosselaars vrouw', antwoordde Manzo. 'In Zetten. Ik heb een paar vragen. Wil je ook mee?'

Onderweg begon hij over Fatima.

'Was ze het wel eens zat om in het geheim met Bosselaar te scharrelen?' vroeg Manzo.

Naar waarheid antwoordde Heleen dat Fatima daar nooit over had geklaagd.

'Waar klaagde ze wél over? Waar ergerde ze zich aan?'

Heleen haalde haar schouders op. 'Niks.'

Ze verzweeg dat ze tijdens de hoorcolleges in hun tekeningetjes de spot dreven met pedante hoogleraren en saaie studenten. Dat was hun privé-spelletje. Te kinderachtig voor woorden, vond ze.

'Was ze wel eens gestrest? En waarover?'

'Ja, waarover? Fatima was een rare meid. Ze leefde in twee werelden, dacht ik wel eens. In de mijne, maar ook ergens daarbuiten. Met Bosselaar, want hij was toch haar grote liefde.'

'Klinkt tamelijk schizofreen. Liet ze wel eens los waarmee ze bezig was? Wilde ze bijvoorbeeld een nieuw leven met Bosselaar beginnen?'

'Ja, nee, ik weet niet. Ze wist natuurlijk ook wel dat hij getrouwd was.'

'Bosselaar is er ooit een tijdje tussenuit geweest', zei hij.

'Ja, dat was algemeen bekend. Hij heeft een sabbatical

genomen, na de Kerst, geloof ik.'

'Dat was geen sabbatical', zei hij. 'Eerder een zware depressie. De professor had last van wanen en was zelfs gewelddadig. Hoorde ik van Marianne Ooster.'

'Wie?'

'Een journaliste die voor de verandering niet alleen informatie neemt maar ook geeft.'

Manzo ging langzamer rijden.

'Hoe gaan we die mevrouw Bosselaar aanpakken?' vroeg Heleen.

'We condoleren haar en daarna stellen we ons heel bescheiden op, ze is net weduwe geworden.'

'Stel dat zij de hand heeft gehad in hun dood? Dat ze er meer vanaf weet? Dan lacht ze ons daarna keihard uit.'

'Wat wil je dan?'

'We moeten haar confronteren met Fatima, gewoon het beestje bij de naam noemen. Overspel heet dat. Vragen of ze jaloers was. Vissen en prikken naar aanwijzingen, naar verdachte signalen net zo lang tot...'

'...Je kijkt te veel naar politiefilms, Heleen. Dit zijn echte ménsen!'

'Dat waren Bosselaar en Fatima ook!'

# 6 Gestoord

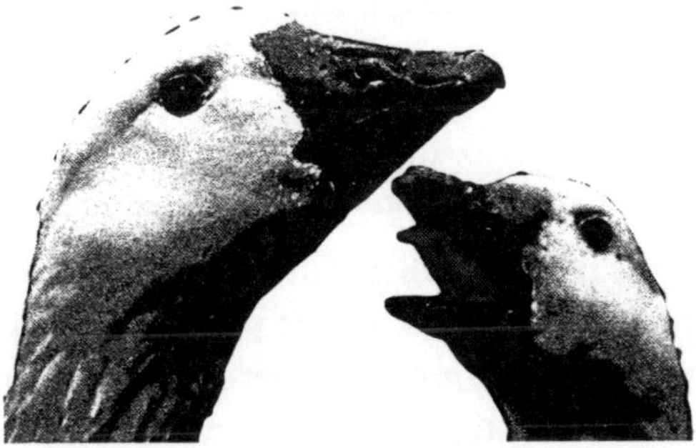

*Buiten zetten twee ganzen de aanval in.*

Het huis van Bosselaar lag in een nieuwbouwwijkje van Zetten waar een projectontwikkelaar bezig was voor veel geld ‘modern wonen in een traditionele stijl’ te verkopen. Manzo stuurde de auto langzaam over het pas aangelegde kasseienweggetje om de rustiek loslopende ganzen te ontwijken. Heleen wees op het eerste pand.

‘Van voren een Engelse cottage’, zei ze. ‘Aan de zijkant Duitse vakwerkbouw. Uitgeserveerd met pseudo-verweerde middeleeuwse dakpannetjes. Jatwerk, neo-nep.’

‘Ik vind het wel gezellig’, antwoordde Manzo. ‘Het doet me denken aan...’

‘De Efteling?’ vroeg Heleen. ‘Of het Openluchtmuseum? Sommige mensen denken dat je stijl eindeloos kunt kopiëren. En dan verkopen als identiteit. Onder het mom van nostalgie.’

Ze schudde haar hoofd terwijl Manzo de auto voor het huis parkeerde. Mevrouw Bosselaar deed al open. Manzo stelde zich voor met 'Gorzak, politie' en Heleen als 'assistente'.

'Jeltje Bosselaar.'

Manzo condoleerde haar.

De vrouw van de professor droeg een uitbundige broche. Een kunstobject, dacht Heleen, en dat terwijl rouw meer gepast zou zijn.

'Wilt u uw schoenen uitdoen?' vroeg ze. 'Het is door de bouw buiten nogal stoffig.'

Binnen was het onnatuurlijk duister door de kleine raampjes, viel Heleen op, zelfs bij dit prachtige voorjaarsweer. Op de bank hing een jongen onderuit. Hij was gekleed in een skate-outfit. Lastig skaten hier, dacht Manzo, met die kasseienstraat. Eerder iets voor Parijs-Roubaix. Mevrouw Bosselaar bood een stoel aan en zuchtte. Ze wees op haar zoon.

'Volgend jaar gaat Jesse studeren', zei ze.

De dood van haar man dringt nog niet tot haar door, dacht Heleen. Of ze is er niet erg van onder de indruk.

'Ja, medicijnen', mompelde Jesse.

'Net als ik vroeger', zei mevrouw Bosselaar.

Jesse scheen niet bijster enthousiast met dit vooruitzicht.

'Hij lijkt op zijn vader', zei mevrouw Bosselaar.

Jesse trok zijn mondhoeken tot een pijnlijke grijns.

Manzo nam het woord: 'Het spijt me... maar we ontkomen er niet aan om een paar vragen te stellen.'

Hij haalde een notitieboekje tevoorschijn.

Mevrouw Bosselaar schoof op haar stoel. Haar vingers trommelden op de leuning. Manzo ontdekte dat hij een gaatje in zijn sok had en zette zijn andere voet erop.

'Was uw man depressief?' vroeg Manzo.

'Depressief?' vroeg mevrouw Bosselaar.

'Ja, ik bedoel,' vervolgde Manzo, 'heeft u iets gemerkt van enige somberheid?'

'Mijn man was een vrolijk mens, meneer Gorzak.'

Heleen mengde zich in het gesprek.

'Professor Bosselaar is er toch ooit een tijdje tussenuit geweest?'

Mevrouw Bosselaar leek van haar stuk gebracht.

'Hij heeft wel een tijdje vrijaf genomen voor zijn onderzoek', zei ze. 'In het begin van dit jaar...'

'O ja? Onderzoek?' vroeg Heleen.

'Het fijne weet ik er niet van. Karle deed het wel vaker, dan nam hij een paar maanden vrijaf.'

Bij het noemen van zijn naam sloeg haar stem over. Manzo zond Heleen een waarschuwende blik.

'Wat voor onderzoek was dat precies?' vroeg Heleen.

'Karle heeft er nauwelijks iets over gezegd. Veldwerk...'

Ze depte haar ogen met de mouw van haar blouse.

'En voerde hij dat véldwerk alleen uit?' vroeg Heleen.

Mevrouw Bosselaar aarzelde. Kalm aan, probeerde Manzo naar Heleen te gebaren.

'Ze heette Fatima, mama!' zei Jesse. 'Dat leuke meisje.'

Iedereen keek de jongen aan.

'Ik geloof niet dat dit van belang is', zei ze.

'Nee, natuurlijk niet', schamperde Heleen. 'Ze zat alleen in dezelfde auto en ze is dood.'

De vingers van mevrouw Bosselaar trommelden niet meer. Ze hield haar handen om de leuningen van haar stoel geklemd.

'Werkte hij vaker samen met leuke meisjes?'

Heleen hoorde de scherpte in haar eigen stem.

Ze constateerde dat mevrouw Bosselaar van kleur verschoot en zei: 'Fatima had een verhouding met uw man. Wist u dat?'

'Hoe durft u?!' riep mevrouw Bosselaar.

Manzo kuchte nadrukkelijk en zei: 'We hoeven daar nu niet op in te gaan.'

'Zo is het', zei mevrouw Bosselaar.

'Vindt u het een bezwaar als we even in zijn computer kijken?' vroeg Manzo.

Ze stond op en wees naar de trap. Ze leek opgelucht omdat Manzo had ingegrepen.

'De studeerkamer is achter de eerste deur rechts', zei ze tegen hem. 'Blieft u een kop thee?'

Manzo knikte. Heleen bedankte.

Boven nam Manzo meteen plaats achter de pc en begon door de bestanden te scrollen. Heleen bekeek Bosselaars studeerkamer. Aan de muur hingen schildjes van verschillende politiediensten. Op het bureau stond een foto van Bosselaar uit zijn jonge jaren. De gelijkenis met Jesse was op deze jeugdfoto nóg groter. Drie wanden waren volledig bedekt met boeken. Een hele plank had betrekking op de islam.

'Waarom vroeg jij niet dóór over Bosselaars verhouding met Fatima?' vroeg ze.

'Basisregel één. Geen zetten waarmee je de tegenstander op de kast jaagt', antwoordde Manzo.

'Van welk spel?'

'Go, natuurlijk', zei Manzo.

Plotseling begon hij te grinniken en wenkte Heleen.

'Gedownloade porno', zei hij.

Bosselaar bleek een hele serie directory's met erotische variëteiten te hebben aangelegd. Manzo wees besmuikt naar titels als *Lez Dom* en *Mature Moms*. Opeens boog hij zich voorover.

'Bepaalde afbeeldingen hebben wel heel weinig KB', mompelde hij. 'En voor een beetje bloot heb je al flink wat MB nodig. Dit klopt niet.'

'Meneer is een kenner', spotte Heleen.

Manzo opende het eerste van een rijtje bestanden. Het bleek een tekstdocument te zijn. Op het scherm verschenen cryptische beschrijvingen van locaties.

'Hij heeft informatie opgeslagen onder het mom van porno', zei Manzo. 'Zou er meer zijn?'

Hij opende het volgende seksbestand. *Cum Shot*. Dit keer dekte de titel de lading.

'En de volgende?' vroeg Heleen. 'Die *Horny Hookers Bizar*?'

Ze waren zo ingespannen bezig dat ze de voetstappen op de trap niet hoorden.

Mevrouw Bosselaar kwam met een theeblad de kamer binnen. Het viel met een kletterend geluid op de grond. Op het scherm was te zien wat er allemaal mogelijk was als je *Xtreem Anaal* ging.

'Lijkenpikkers! Jullie zijn gestoord!'

Manzo mompelde een verontschuldiging, maar ze liet haar emoties de vrije loop.

'Waar is jullie huiszoekingsbevel? Zijn jullie eigenlijk wel van de politie?'

Haar stem was verstikt van woede.

'Eruit!'

Ze kregen beneden nauwelijks de tijd om hun schoenen aan te trekken. Buiten zetten twee ganzen de aanval in. Manzo hinkte naar het straatje, zijn veter strikkend.

Eenmaal in de auto haalde Heleen de externe harde schijf uit haar zak. Daarna legde ze Fatima's agenda op het dashboard.

'Hier hebben we tenminste wat aan', zei ze.

Ze rommelde in haar andere jaszak.

'En aan dít ook.'

# 7 Vuile was

*Tussen hen in stond een scrabblebord.*

'Een muts', zei Heleen triomfantelijk.

'Een pakol,' zei Manzo, 'een Afghaanse muts die door plaatselijke strijders wordt gedragen.'

'Ik vermoedde al zoiets', zei Heleen.

Ze bekeek hem eens goed.

'Hé, er zitten haren in', zei ze.

'Van Karle de moslimstrijder...?' vroeg Manzo sarcastisch.

Hij week naar de berm voor een SUV die als een tank over het smalle kinderkopjespad joeg. Hij schudde afkeurend zijn hoofd.

'Spookrijder', smaalde hij.

'Ja, het verkeer wordt steeds meer een slagveld', beaamde Heleen.

'Ik bedoel jóú', zei Manzo. 'Alleen beginners doen grillige zetten.'

'O jee, weer zo'n go-wijsheid', zei Heleen.

'Jij hebt een vrouw bestolen die net haar man heeft verloren! Wat studeerde je ook al weer? Rechten? Krijgen jullie ook studiepunten voor de module diefstal?'

'Fatima's agenda hoorde daar niet', antwoordde Heleen. 'En die harde schijf en die pakol hadden jullie anders wel bij een huiszoeking meegenomen.'

'Daartoe gaan we pas over als we een misdrijf vermoeden', zei Manzo scherp.

Hij moest toegeven dat mevrouw Bosselaar een vreemde vrouw was, maar hij drukte zich met opzet formeel uit. Leuk, zo'n stagiaire, maar ze moest niet denken dat ze de touwtjes in handen had. Hij pakte de harde schijf van het dashboard en de pakol van haar schoot en stopte ze beide in het portiersvak.

Hij zag dat Heleen de agenda stevig vastgreep en legde zijn hand op haar been. Tot zijn verbazing liet ze zijn hand liggen.

'Die agenda komt jou toe', zei hij, vriendelijker nu. 'Het is jóúw vriendin. Geef me morgen een kopie, ja?'

Hij knipoogde. Heleen voelde dat ze een kleur kreeg. Natuurlijk was het niet in de haak wat ze had gedaan. Eigenlijk mocht ze blij zijn dat hij niet stante pede terugreed om de spullen aan mevrouw Bosselaar terug te geven.

'Kan ik je ergens afzetten?' vroeg hij.

'Ja', zei ze. 'Mijn was moet naar mijn ouders.'

'Je was?!' riep Manzo.

'Soms zoekt mijn moeder een aanleiding om me te zien. Dus als je eerst even langs mijn flat wil rijden...'

Dat ook nog, dacht Manzo.

Hij draaide de A15 op en onderdrukte een vloek omdat hij vrijwel meteen in een file vastliep.

Hij haalde een magnetisch zwaailicht van onder zijn stoel tevoorschijn, zette het op het dak en schoot de vluchtstrook op. Even verderop werd de oorzaak van de opstopping duidelijk. Met ME-bussen was de weg vernauwd tot één rijbaan. Alle auto's werden stuk voor stuk naar de kant gedirigeerd, waar ze uitvoerig werden onderzocht. Manzo manoeuvreerde tussen twee Marokkaanse gezinnen door totdat een man in uniform hem tot stoppen maande. Hij draaide het raampje open.

'Hé, Gorzak!' zei collega Appelaar. 'Sinds wanneer ben jij weer operationeel?'

'Sinds jullie er een puinhoop van maken. Wat staan jullie hier nou files te bakken?'

'Dagorder van het crisisteam in Nijmegen.'

Manzo keek hem vragend aan.

Appelaar boog zich dieper en onderwierp Heleen aan een onderzoekende blik.

'Goed volk', stelde Manzo hem gerust.

'In Nijmegen passeert vanmiddag een supporterstrein naar Duitsland', zei Appelaar. 'Daar zitten een hoop mallo-ten tussen en als je met een masker en een explosievengordel instapt, vindt iedereen dat een goeie grap. Als ze maar oranje geschilderd zijn, natuurlijk. Bovendien hebben Nederlandse commando's in Afghanistan tientallen Talibanstrijders gedood. Het stond vanochtend in de krant. Er zijn al Kamervragen gesteld. Maar officieel horen we niks, zien we van alles en zwijgen we helemaal, hè Manzo?'

'Eén-nul voor jou, Appelaar', zei Manzo en hij gaf gas.

'Heeft dit te maken met die toestand in Arnhem laatst?' vroeg Heleen.

'Alles is mogelijk', zei hij vaag. En toen ze naar een verklaring vroeg, wilde hij niets loslaten.

Aangekomen bij haar flat op de Berg en Dalseweg in Nijmegen schoot Heleen naar binnen, propte haar wasgoed in een plastic zak en haastte zich naar buiten. Ze was blij dat

Manzo haar naar haar ouders bracht. Zo had ze tenminste een goede smoes om snel weer te vertrekken. Manzo bladerde in een map papieren toen ze weer instapte.

'Ik lees in het autopsierapport dat Fatima en Bosselaar al dood waren voordat ze in de haven terechtkwamen', zei hij. 'Ze zijn beiden aan een hartstilstand overleden. Twee hartstilstanden tegelijk. Dat is veel.'

'En doden kunnen niet meer autorijden, dus...'

'Zijn ze gedumpt.'

'Levert dat nu eindelijk een vermoeden van een misdrijf op?'

'Ja', antwoordde Manzo. 'Moord...'

'Zie je wel', zei Heleen.

In hun huis op de Weezenhof troffen ze Heleens ouders aan in de voorkamer. Tussen hen in stond een scrabblebord. Op een calculator had haar vader zojuist uitgerekend hoeveel punten zijn woord opleverde. Heleens moeder sprong op.

'O, je hebt iemand meegenomen? Wat leuk!'

'Dit is meneer Gorzak, mijn stágebegeleider', zei ze.

'Iets drinken?' vroeg Heleens moeder. 'Of iets eten? Vast wel.'

Ze schoof in een keer alle letters van het bord en liet ze in het zakje vallen.

'Hola', zei Heleens vader.

'Ma!' zei Heleen. 'We komen alleen de was brengen.'

'Het spijt me', zei Manzo. 'Maar ik heb dienst.'

'Ik begrijp het', zei Heleens moeder.

Terwijl haar moeder de deur opendeed en hen uitliet, zag Heleen hoe ze Manzo van top tot teen opnam. Ze begrijpt er niets van en ze vindt hem vast te oud, dacht ze.

Ze stak haar hand op en liep naar de wagen.

'Leuke ouders', zei Manzo.

Heleen keek hem aan.

'Mijn ouders hebben een goed huwelijk, hoor', zei ze toen ze wegreden.

De Weezenhof bestond uit tientallen woonerven met tientallen identieke woningen. Manzo raakte onmiddellijk de weg kwijt.

'Hier links', wees Heleen.

Hij vloekte. Tot zijn ergernis was hij een doodlopend straatje in gereden.

'O nee, rechts, bedoel ik.'

'Ken je het stockholmsyndroom?' vroeg Manzo.

Ze keek hem aan.

'Het songfestival?' vroeg ze.

'Het verschijnsel dat de gijzelaar sympathie krijgt voor de gijzelnemer', doceerde Manzo. 'Deed zich voor het eerst voor in 1973, tijdens een uit de hand gelopen bankoverval in Stockholm.'

Heleen trok haar schouders op.

'En wat heeft dat met mijn ouders te maken?'

'Niet jouw ouders', zei Manzo. 'Jeltje en Karle Bosselaar. Neem van mij aan dat negen van de tien huwelijken een stockholmsyndroom is.'

'Dus jij denkt dat mevrouw Bosselaar...'

'Ik denk niks', zei Manzo. 'Ik zeg alleen dat dingen vaak anders lijken dan ze zijn.'

Het was een tijdje stil. Heleen dacht over Manzo's woorden na.

Hij reed tweemaal rond een parkeerplaatsje, op zoek naar een uitgang.

Zijn mobiel liet *De vier jaargetijden* van Vivaldi horen. Heleen herkende *De lente*.

Hij luisterde, verbrak de verbinding en zei: 'Er staat een supporterstrein vast op de spoorwegovergang bij de Groenestraat.'

# 8 Van oranje naar rood

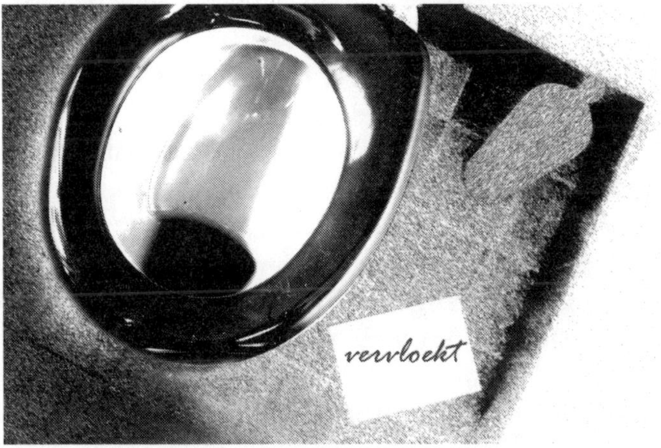


*Bij de wc-bril was een Post-it geplakt.*

'Er is een algehele sein- en wisselstoring', zei Manzo. 'Een of andere tuinder heeft een vent gezien die met een koevoet langs de lijn Arnhem-Nijmegen scharrelde. En uitgerekend daar zijn de problemen begonnen. Zojuist is er ook nog een bericht binnengekomen van de Regionale Calamiteitenstaf Rail. Daar hebben ze een bommelding gekregen en staat iedereen buiten. Dus ze kunnen niks doen. Alle treinen in Nijmegen en wijde omgeving staan stil. Dit gaat uren duren.'

'Het duurt altíjd uren', zei Heleen.

'Dit is erger', antwoordde Manzo. 'Het crisisteam vermoedt een gecoördineerde actie. Die supporterstrein staat stil op een spoorwegovergang. Een prachtig doelwit.'

'Dus?'

'Ze nemen geen enkel risico. De ontruiming van die voetbaltrein is in volle gang.'

'Die halen Duitsland vandaag dus niet', zei Heleen.

'De nachtmerrie voor de ware Oranjefan', beaamde Manzo. 'Eh, hoe kom ik bij het spoor?'

'Hier moeten we links', zei Heleen en ze wees naar de afslag met de Slotemaker de Bruïneweg.

'Een antiterrorismeactie', zei Manzo. 'Mooi materiaal voor je scriptie.'

'Het was eerder iets voor Bosselaar geweest', zei Heleen 'Denk je trouwens dat zijn vrouw in staat is tot een crime passionnel? Zij was gewoon hartstikke bang dat ze werd ontmaskerd. Dat reageerde ze op ons af met een woedeuitval.'

Manzo gromde iets onverstaanbaars. Ze leek het niet te horen.

'Of waren Bosselaar en Fatima op iets gevaarlijks gestuit?'

'In Fatima's kamer is niks gevonden dat daarop wijst', zei Manzo.

Hij haalde het alarmlicht van het dak.

'Wat weet jij eigenlijk van die familie Bosselaar?' vroeg Heleen.

Haar vraag verdween in een woedend gejoel. Manzo zette de auto aan de kant.

'Blijf bij mij in de buurt, wat er ook gebeurt', zei hij toen ze uitstapten.

Een ME-bus met waterkanon rukte op. Daarvoor dreef een ME-linie een grote groep Oranjesupporters weg van de ontruimde trein. Af en toe deden ze een uitval met de wapenstok. Manzo en Heleen liepen voorzichtig achter twee ME-bussen aan die de linie volgden. Er klonken geluiden van brekend glas. In een zijstraat werd het trottoir opengebroken.

'Dag Manzo', riep een stem achter hem.

Hij draaide zich om. Marianne Ooster, de politieverslaggeefster van *De Gelderlander*, was al ter plekke. Ze gaf Heleen een hand en stelde zich voor.

'Ik hoorde net dat de machinist om assistentie heeft gevraagd. Maar hoe komen al die ME-pelotons zo snel hier?'

'Voetbal is vooruitzien', schreeuwde Manzo in haar oor.

'En waarom is er maar één hond opgetrommeld?'

Hun hoofden raakten elkaar bijna.

'Ik zie geen hond!'

'Daar, die loopt langs de trein heen en weer, met die mannen.'

Manzo had de leden van het Nijmeegse arrestatieteam al herkend. En de hond die aan de wielen snuffelde was Arnie, een explosievenspeurhond. Manzo zocht naar een manier om ze te bereiken. Een steen schampte zijn schouder.

'Tering!' riep hij.

Ooster leek het niet te merken.

'Voor veel van de supporters is het al de derde keer vandaag dat ze worden opgehouden voor controles', hield ze aan.

Alsof de supporters het gehoord hadden, ging het gejoel over in een laag gehuil. Een arrestatie-eenheid had de stenengooier uit de menigte opgepikt en rende met hem naar een politiewagen. Zijn kameraden lieten het er niet bij zitten en achtervolgden hen.

'Aanvalluh!' werd er geroepen.

Dat was het sein voor de hele supportersschare om naar voren te stormen. De oranje golf kwam angstwekkend snel dichterbij. Vertwijfeld keken de ME'ers achterom. De verslaggeefster gebaarde naar een fotograaf.

'Schieten die plaat!' riep ze.

'Instructies?!' werd er gebruld vanuit de ME-linie.

Vanuit de luidsprekers op de busjes klonk een kort bevel: 'ME-linie voorwaarts!'

Manzo pakte Heleen bij de hand.

'Wij trekken ons terug', zei hij.

Heleen keek gefascineerd toe hoe tientallen supporters door het politiekordon braken en de busjes omsingelden.

'Wat willen ze?' riep ze.

'Winnen!' riep Manzo terug.

Ze is opvallend kalm, dacht hij.

Terwijl de ME'ers een goed heenkomen zochten in de trein, begonnen de supporters aan de busjes te sjorren. Scanderend zetten ze de beweging kracht bij.

'Hééé... hop! Hééé... hop!'

De portieren van de busjes schoten open en de chauffeurs buitelden eruit. Ze renden weg, trappen en slagen ontwijkend totdat ze door hun collega's in de trein werden getrokken.

Manzo keek om zich heen en vloekte toen er een paar rookbommen de spoorwegovergang in een oranje walm zetten. Hij tastte naar zijn pistool. De busjes zwaaiden nu vervaarlijk heen en weer en stonden op het punt te kantelen.

'Hééé... hop! Jáááááá!'

Twee supporters struikelden en slaagden er niet in op tijd weg te komen toen een van de busjes omviel. Ze schreeuwden in doodsnood toen de dakrand op hun benen terechtkwam. Manzo pakte Heleens hoofd en draaide het in de richting van zijn auto. Daar verschenen tientallen bussen, waaruit in hoog tempo nieuwe ME'ers renden.

'We gaan', riep hij in Heleens oor. 'Zij knappen dat verder wel op. Of wil je wéér opgepakt worden?'

Hij sleurde haar mee en duwde haar in zijn wagen. Slalommend reed hij tussen de tussen ME-pelotons door, die net het bevel kregen om hun gasmaskers op te zetten.

'Gelukkig rijden we in een stillenbak', zei hij toen ze eenmaal de Oranjesingel hadden bereikt.

Hij keek haar aan. Haar kalmte deed hem denken aan Charlotte. Hoeveel vrouwen had hij ontmoet sinds haar dood? Zijn dates kon hij sinds die tijd tellen op de vingers van één hand, de duim niet meegerekend.

'En wat doen we nu?' vroeg Heleen.

'Ik zet jou thuis af', zei Manzo. 'Daarna ga ik naar het bureau.'

Toen ze op de Berg en Dalseweg arriveerden, aarzelde ze bij het uitstappen. Moest ze Manzo niet even binnenvragen om een biertje te drinken, tegen de schrik? Hij trok het portier echter al dicht, zwaaide een korte groet en trok haastig op.

Langzaam liep ze naar binnen. In haar appartement merkte ze dat de stortbak van haar wc ruiste. Vreemd, was dat ding stuk? Voorzichtig opende ze de deur van de badkamer. Niemand. Had ik Manzo maar even binnengevraagd, dacht ze, terwijl ze de ruimte afspeurde.

Bij de wc-bril was een Post-it geplakt. Buiten hoorde ze een motorfiets wegscheuren, maar toen ze bij het raam kwam was de motorrijder verdwenen. Op het briefje stond met hanenpoten geschreven: 'Vervloekt, die een blinde op een dwaalspoor voert.'

Het leek wel een bijbelse tekst. Was dit een grap of een waarschuwing? Ze liep naar buiten en belde aan bij Frederique, haar buurvrouw.

'Heb jij iemand bij mij binnengelaten?' vroeg ze plompverloren.

'Ja, een eerstejaars van Carolus Magnus', was het antwoord. 'Met een uitnodiging voor vanavond. Een of andere bekende Nederlander houdt een lezing op de sociëteit.'

# 9 Geen gevoos in de soos

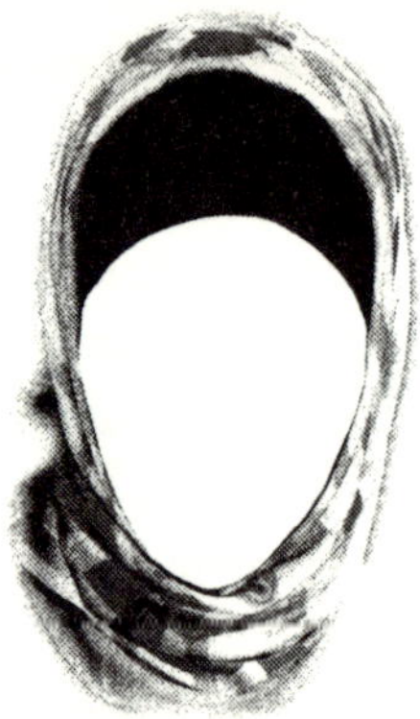

*'Fatima was heilig van plan om moslim te worden.'*

De mysterieuze bezoeker had dus een uitnodiging voor een lezing én een briefje achtergelaten. Als het tenminste om dezelfde persoon gaat, dacht Heleen.

*Vervloekt, die een blinde op een dwaalspoor voert...*

Rare tekst, eigenlijk. Bracht zíj een blinde op een dwaalspoor? Wie dan? Of was zij de blinde die erin werd geluisd? Dan kon dit als een bezorgd briefje worden beschouwd. Maar het bleef verdacht dat de boodschapper anoniem wilde blijven. Ze bekeek de uitnodiging. Een beroemd ex-VVD-Tweede-Kamerlid zou spreken over 'een flexibel antiterreurbeleid'.

Het was al bijna donker toen ze besloot poolshoogte te gaan nemen in De Kroeg. Voor ze wegging zag ze dat het slaapkamerraam openstond. Zo is hij dus weggekomen, dacht ze.

Hoe zag hij er eigenlijk uit? Ze liep op weg naar buiten langs de flat van haar buurvrouw. Frederique kon haar niet helpen.

'Ach meid, daar heb ik niet op gelet.'

Buiten voelde het fris aan na de hitte van de afgelopen dagen. In het pand van Carolus Magnus was het bloedheet en heerste een opgewonden stemming. De FReC-zaal puilde uit met belangstellenden. Vooraan zat het bestuur aan een rond tafeltje. Ze waren te herkennen aan hun driedelige pak en sociëteitsdas. Op een podium stond het voormalige liberale wonderkind. De vrouw werd omringd door drie lijfwachten die niet geheel op hun gemak leken. Ze had net haar slotwoord gesproken. Heleen viel midden in de vragen.

'Hoe oordeelt u over de huidige aanpak van islamitisch terrorisme?' vroeg een meisje met een Gooise r en een zachte g.

'Ze zijn te laat, ze doen te weinig, ze spelen te veel in op incidenten, dit beleid vráágt om ongelukken?'

'Wat is uw alternatief?' vroeg een bestuurslid.

'Preventie is mijn *keyword*', zei ze. 'Voorkomen is vele, vele malen beter dan genezen.'

Het bleef even stil. Het ex-Kamerlid keek met haar grote, donkere ogen de zaal in.

'Hoe ziet dat eruit?' vroeg Heleen. 'Die preventie?'

De spreekster pakte met haar linkervuist haar rechterduim beet.

'Eén, meer bevoegdheden. We moeten eerder en langer kunnen afluisteren. Eerder en dieper infiltreren, ook met burgerinfiltranten. Eerder en vaker aanhouden.'

Ze omklemde daarna haar wijsvinger. 'Twee, we moeten potentiële verdachten kunnen separeren. Bijvoorbeeld op een van de eilanden...'

'U pleit voor Guantánamo Bay aan de Noordzee', riep Heleen. 'Maar dan is het middel erger dan de kwaal! En als u de burgerlijke vrijheden steeds maar inperkt, blijft er maar weinig vrijheid over om te verdedigen.'

De ex-politica lachte haar vriendelijk toe.

'Mevrouw', zei ze. 'Het gaat niet om winkeldiefjes. Er woedt een oorlog! Maar wat is uw probleem, ú heeft toch niets te vrezen, of vergis ik me?'

'Ik heb wél wat te vrezen', riep Heleen.

Iedereen draaide zich om.

'Concreet graag!' zei de preses.

Heleen zweeg. Moest ze hier vertellen dat ze was gearresteerd en een nacht in de cel had doorgebracht?

Het ex-Kamerlid zag haar verwarring en liet weten dat ze nooit, nee nooit, zou tornen aan de vrijheid om een biertje te drinken.

'Als verlicht moslim', voegde ze eraan toe.

Gejuich en applaus volgden, waarop de preses aankondigde dat het tijd was om van deze vrijheid gebruik te maken.

Heleen liet zich tussen het publiek meevoeren naar de bar en ging zitten. Een ongeschreven wet van Carolus verbood haar om maar één biertje te bestellen. Dus liet ze er twee tappen.

Shofel, de assessor van het bestuur, kwam op haar af. Hij studeerde rechten, net als zij. Een eerstejaars vloog overeind. Als ouderejaars had Shofel recht op zijn kruk. Hij pakte het tweede glas en zei: 'Hé, Akkerslag, het zijn roerige tijden, niet?'

Ze werd beschouwd als *one of the boys*. Daarom was ze een van de weinige dames die met haar achternaam werd aangesproken. Bij de heren was dat normaal, die kenden elkaars voornaam meestal niet eens. Shofel was trouwens een bijnaam.

'Insjallah!' zei hij.

Ze proostten Carolusgewijs, elkaar aankijkend, met de hand een halve slag gedraaid.

'Insjallah?' vroeg ze.

'Fatima', zei Shofel op een toon alsof dat vanzelf sprak.

'Hoezo?' reageerde ze. 'Praat me eens bij.'

'Het had een kamelenhaar gescheeld of Fatima had met een hoofddoekje rondgelopen.'

'En nu serieus!'

Ze zei het zo heftig dat Shofel haar verbaasd aankeek.

'Ik heb het van twee bronnen...'

'Wie?' vroeg Heleen.

Shofel schraapte zijn keel. 'Twee aio's van Bosselaar: Bodder en Kalman.'

'Ga door.'

'Fatima was heilig van plan om moslim te worden. Ze heeft zelfs een halfjaar lang Koranlessen gevolgd in Amsterdam. Ze zal wel opgevallen zijn met haar helblonde haar.'

Heleen trok een ongelovig gezicht.

'Van die Koranlessen weet ik niks. Maar die affaire met Bosselaar was voor haar bloedserieus.'

'*Dream on*, Akkerslag! Bosselaar neukte alles wat hem voor de voeten kwam. Nou ja, gek is dat niet. Ken je zijn vrouw? Compleet gestoord.'

Een lid van de barcommissie gooide een bak water over twee eerstejaars die in een innige omhelzing waren geraakt. Shofel grinnikte.

'Geen gevoos in de soos', waarschuwde hij het kletsnatte stel.

'Ik weet dat Fatima er een tijdje tussenuit is geweest voor veldwerk', zei Heleen. 'Maar Koranlessen? Hoe kwam ze dan aan haar studiepunten?'

'Die sprokkelde ze bij elkaar in het bed van Bosneuker. Ze

heeft geen enkel tentamen gedaan in het laatste jaar.'

Eigenlijk vond ze het ongepast dat Shofel de dode Bosselaar bij zijn bijnaam noemde. Maar Shofel was goed ingevoerd in de geheimen van de rechtenfaculteit.

Daarom vroeg ze: 'En waaróm is ze dan aan dat geloof geraakt?'

'Niet waarom, maar door wie', verbeterde Shofel haar.

Hij werd gewenkt.

'We spreken elkaar nog', zei Shofel, maar Heleen hield hem aan zijn jasje vast.

'Wie was het?'

'Dat is niet zo moeilijk', zei hij. 'Die daar.'

Hij wees naar een donkere man met een krullende bos haar.

'Die?' zei ze verbaasd. 'Ach, Fatima heeft ooit een beetje met hem gescharreld. Meer niet.'

'Een sneu geval', zei Shofel. 'Hij komt uit Afghanistan. Hij heet Arash Wardak. In Kabul was hij bijna afgestudeerd, maar hier moest-ie helemaal opnieuw beginnen.'

'Stel me maar voor', zei Heleen.

Samen liepen ze op de man af, die zich bij zijn club eerstejaars had gevoegd.

'He, Warhoofd', riep Shofel. 'Kom eens even hier.'

Arash Wardak maakte zich los van zijn groep. Maar toen hij Heleen zag, haastte hij zich naar de uitgang. Zijn glas cola liet hij staan.

Toen ze buitenkwam was hij verdwenen.

Thuis belde ze Manzo.

'Ik moet je iets vertellen', begon ze.

'Ik eerst', zei Manzo.

# 10 Leuk haar

*De motorrijder tuurde naar de deuren op de galerij.*

'Er is een bom ontploft bij de Regionale Camali... Calamiteitenstaf Rail. Afzender onbekend. Gelukkig slechts twee lichtgewonden. Voor de buitenwacht houden we het op een algehele sein- en wisselstoring. Wat natuurlijk ook zo is. Dat heb je vaker met een bom.'

'Ben je klaar?' vroeg Heleen.

'Ja, schat.'

Wat zegt-ie nou? dacht Heleen. Niet op reageren.

Ze begon te vertellen over het vreemde briefje dat ze gevonden had. Over wat Shofel haar had verteld over mevrouw Bosselaar – 'compleet gestoord' – over Fatima en haar Koranlessen in Amsterdam en tot slot over de mysterieuze Arash Wardak.

'Hm, Wardak?' vroeg Manzo.

Hij klinkt een beetje aangeschoten, dacht Heleen.

'Arash Wárdak', zei ze.

'Je bent lief', zei Manzo.

'Huh?' zei Heleen.

In Parkflat Rhijnblick in Oosterbeek legde Manzo de telefoon neer, naast een lege fles vintage port. Precies genoeg voor drie wedstrijden op tv. Hij stapte onvast naar buiten om in de koele avondlucht zijn gedachten te ordenen. De meeste flatbewoners sliepen al. Het appartementencomplex werd vooral bewoond door pensionado's. Ook in het aangrenzende park was het doodstil, het enige geluid was het ruisen van de wind in de bomen. Zijn gezang doorbrak de nachtelijke rust.

'Oosterbeek, groen graf aan de Rijn...'

Bij de buren knipte een licht aan. Een zwarte motor kwam langzaam de hoek om gereden. Een Honda Shadow, zag Manzo. De motorrijder tuurde naar de deuren op de galerij. Manzo probeerde het nummerbord te onderscheiden maar kwam niet verder dan de eerste twee letters, die hij op een stuk papier krabbelde. Opeens keek de motorrijder in zijn richting. Meteen gaf hij gas verdween uit het zicht. Manzo hoorde gestommel bij de buren.

'Ga slapen!' riep hij naar het raam.

De volgende ochtend was hij vroeg op pad. Hij parkeerde zijn auto onder het Arnhemse Stationsplein en begaf zich naar de kapper ertegenover.

Zoals gewoonlijk vroeg de kapster of die zwarte lok zo moest blijven.

'Ja, dat moet', zei hij met schorre stem.

Na zijn knipbeurt liep hij naar het politiebureau. Bij snackbar Hokie Pokie haalde hij een broodje kroket. Toen hij er buiten zijn tanden in wilde zetten, werd hij bijna geraakt door een donkere limousine die met hoge snelheid de garage onder het stadhuis verliet. De auto kwam met piepende remmen tot stilstand. De kroket glipte uit het broodje en kwakte op de stoep.

'Godver...!' riep Manzo.

De auto reed een stukje achteruit. Het raam ging open. Op de achterbank zat de burgemeester.

'Kan ik je een lift geven?' vroeg ze.

'Waarheen?' vroeg Manzo.

'Naar Nijmegen natuurlijk... Je bent toch ook toegevoegd aan het Regionaal Kernteam Crisisinterventie?'

'Een acute dreiging zeker?'

'Ja, die bom, hè', zei ze. 'Wie weet wordt het een latertje. Neem je slaapzak en tandenborstel maar mee.'

Ze klonk alsof ze op een vakantiereisje ging.

'Ik moet eerst langs het bureau', zei Manzo.

De burgemeester gebaarde de chauffeur door te rijden.

'Je haar zit leuk', riep hij haar na.

Ze lachte en riep met haar hoofd uit het raam: 'Dat van jou ook!'

Eenmaal op het hoofdbureau trof hij noch in zijn postvakje, noch op zijn voicemail een uitnodiging aan om zich in Nijmegen te melden. Daarom belde hij maar naar de jongens van de technische recherche.

'Het is hier een gekkenhuis, Manzo', zei de stem aan de andere kant van de lijn. 'Nijmegen heeft ons allemaal nodig. Je belt zeker voor dat gevalletje in Wageningen. We zijn nog niet verder gekomen met het autopsierapport. Alleen wat je al wist: oorzaak hartstilstand.'

Hij haalde een kop koffie. Collega Peters fluisterde hem bij de koffieautomaat iets toe.

'Bij het crisiscentrum in Nijmegen zien ze die explosie bij de Spoorwegen als een aanwijzing dat er een grote aanslag gaat komen.'

'Hm', bromde Manzo. 'Dat is natuurlijk een stuk spannender dan een paar moorden in Wageningen.'

Hij bladerde door de prints die de technische recherche van Bosselaars externe harde schijf had gemaakt. De eerste pagina's leverden weinig op: een algemene uiteenzetting van terreurgroepen en hun motieven. Pas in de vierde *file* was het raak. Een afgevinkte lijst met Gelderse steden en dorpen. Bosselaar en Fatima hadden de laatste weken samen heel vaak tochtjes gemaakt. Alsof ze toeristen waren. Op een papiertje schreef hij de namen onder elkaar: Boxmeer, Gendringen, Groesbeek, Beuningen, Tiel, Winterswijk, Zevenaar, Eibergen, Geldermalsen... Zo ging het nog even door.

Wat hebben die met elkaar te maken? peinsde hij. Achter elke plaatsnaam stonden letters. Woorden zonder betekenis. Een code? Hij liep met het briefje naar Peters, de coderingsspecialist die twee deuren verderop zat.

'Ik ben druk,' zei Peters, 'maar ik zal zien wat ik voor je kan doen.'

Manzo besefte opeens dat Fatima's agenda hem misschien verder kon helpen. Hij zocht een vrije dienstwagen en reed naar Heleens flat.

'Ik ben nog een beetje brak', zei ze toen ze opendeed.

Haar rode haar piekte alle kanten op. Na thuiskomst uit De Kroeg had ze niet kunnen slapen. Ze had een glas rosé gedronken. Op tv had ze drie keer het sportjournaal gezien, geconstateerd dat Giovanni van Bronckhorst een aantrekkelijke speler was, en tot slot had ze een herhaling van NOVA bekeken over 'supportersrellen in Nijmegen'. Midden in de nacht was ze misselijk wakker geworden. Het was alsof de spanning van de afgelopen dagen zich had samengebald in haar maag.

'Leuk haar', zei Manzo.

Heleen keek hem verbaasd aan, slikte een scherp antwoord in en herinnerde zich het briefje dat ze naast haar toiletpot had gevonden.

'Vervloekt, die een blinde op een dwaalspoor voert', las Manzo. 'Je hebt natuurlijk aan dat briefje gezeten. Ik zal de wc laten onderzoeken op vingerafdrukken.'

'Dat zal niet gaan', zei Heleen. 'Ik heb vannacht de hele zaak ondergekotst... Spoor die motor maar op.'

'Motor?'

'Vlak nadat ik dat briefje heb gevonden hoorde ik hem wegscheuren.'

'Een zwarte motor?' vroeg Manzo. 'Een Honda Shadow?'

'Ik heb hem niet gezien', zei ze.

Manzo's mobiel jengelde Vivaldi. Heleen stelde vast dat hij inmiddels van *De lente* op *De zomer* was overgegaan.

'Peters?' zei Manzo.

Hij haalde een pen uit zijn zak. Peters had uitgepuzzeld dat de code bij Winterswijk een telefoonnummer moest zijn.

'Heb je er een adres bij?' vroeg hij.

Hij noteerde het.

'Kleed je aan', zei hij tegen Heleen. 'We gaan de provincie in.'

'Ik heb Choker gebeld', vertelde hij in de auto.

'Shofel', verbeterde Heleen.

'Juist, die Shofel, hij had interessante informatie over mevrouw Bosselaar.'

# 11 Een onschuldig spel

*Manzo keek langdurig in de achteruitkijkspiegel.*

'Een string! Ze schijnt met een string gezwaaid te hebben. In een volle collegezaal', zei Manzo. 'Mevrouw Bosselaar is een paar weken geleden helemaal geflipt. Althans volgens Shofel.'

'Typisch zo'n verhaal voor hem', zei Heleen.

'Ja, de zaal lag dubbel. Bosselaar schijnt toen via een zijdeur weggevlucht te zijn. Zij bleef achter en gilde: "Van wie is-tie?" Niemand antwoordde, toen werd ze gek.'

'Dus mevrouw Bosselaar hád een motief', zei Heleen.

Manzo passeerde de Waalbrug en gaf gas.

'Lees even voor', zei Manzo en hij gaf haar de aantekening van het gesprek met Peters.

Het adres was van een evenementenhal in Winterswijk.

'Bosselaar heeft daar iets uitgevogeld', zei hij. 'Hij heeft met Fatima een complete tour gemaakt. Niet alleen om liefdesnestjes te bouwen, hoop ik.'

'Goed, dan vergeten we mevrouw Bosselaar', zei ze met een venijnige blik.

'Rustig meisje, rustig. Daar heb ik al iemand op gezet.'

'Dus Fatima en Bosselaar waren bezig met een onderzoek. En dat hebben ze met de dood moeten bekopen.'

'Vermoedens', zei Manzo.

'Vermoedens? Fatima wilde zich bekeren tot de islam.'

Manzo aarzelde even.

'Ik heb dat al uitgezocht', zei hij. 'Bij de assistenten van Bosselaar.'

'En?' zei Heleen.

Manzo keek langdurig in de achteruitkijkspiegel.

'Het klopt', zei hij ten slotte.

'Kom, Gorzak, je weet meer.'

Ze sprak hem met opzet bij zijn achternaam aan. Hij moest het niet flikken om haar buitenspel te zetten. Het ging om háár vriendin.

Manzo hoorde de irritatie.

'Ach, waarom ook niet', zei hij.

'Fijn, nou vertel dan maar. Wie, wat, waar, wanneer, waarom en hoe?'

'Wanneer? Vanaf Kerstmis tot eind april, driemaal per week. Waar? Het Islamitisch Instituut in Amsterdam. Waarom? De gebruikelijke zoektocht naar een houvast in het onzekere bestaan.'

'Ze was helemaal niet onzeker', zei Heleen.

Manzo ging onverstoorbaar door.

'Wie? Een clubje geloofsgenoten, voor de helft bekeerde autochtonen, vooral vrouwen. Zoeken we nog uit. Wat? Teksten uit de Koran. Hoe? Ze reed mee met haar ex, Arash Wardak.'

'En waarom hebben jullie die knaap nog niet bij zijn ballen?'

'Bij de Nederlandse politie is martelen nog steeds verboden, hoor.'

'Ambtenaren!' was haar commentaar.

Manzo zei niets meer tot Winterswijk.

De evenementenhal lag op het industrieterrein, tegenover een handel in afgedankte bulldozers, hoogwerkers en vrachtwagens. Ze kwamen terecht in een ruimte die het midden hield tussen een dorpskroeg en een bedrijfskantine.

Uit de aangrenzende hal kwam een donkere jongen gerend. Hij bracht een vlaag benzinelucht mee. In de hal was een asfaltparcours te zien met tientallen kartkarretjes.

'Soms rijd ik een paar rondjes voor de zaak opengaat', verklaarde hij. 'Ik ben Roberto, koffie?'

'We zijn van de politie', zei Heleen.

Buiten draaiden vier Audi's de parkeerplaats op.

'Jullie Duitse collega's', zei hij. 'Komen stoom afblazen van het WK. In Duitsland mogen ze niet voor de fun op elkaar schieten, *streng verboten*!'

'Wij zijn hier vanwege deze mensen', zei Manzo en hij schoof foto's van Fatima en Bossclaar over de bar. Roberto schoof twee dampende koppen koffie terug.

'Ken je ze?' vroeg Manzo.

Roberto pakte de foto's en liep ermee naar het raam.

Hij staarde een tijdje naar de overkant, alsof het antwoord tussen de autowrakken was te vinden. Toen draaide hij zich om.

'Ze waren hier met een andere knaap. Een veel donkerder type dan jij', zei hij tegen Manzo. 'Een krullenkop. Hij draagt altijd zo'n opgerolde muts.'

'Een pakol?' vroeg Heleen.

'Weet ik veel, een soort drollenvanger, maar dan op je

hoofd. Hij is hier vaker geweest... geloof ik. Wacht eens. Niet hier. Ik ben hem tegengekomen op de boemel naar Arnhem... daar werkt hij.'

Roberto liep naar de barcomputer.

'Even kijken, hij had die avond de laserhal gereserveerd. Hier, op 31 mei 's avonds om halfelf voor een gezelschap van twaalf man.'

Hij dacht even na.

'Die twee van deze foto's heb ik toen instructies gegeven, maar die anderen heb ik helemaal niet gezien...'

Hij haalde zijn schouders op.

'De laserhal?' vroeg Heleen.

'Boven', verduidelijkte Roberto. 'We hebben hier van alles. Discobowling...'

'Kunnen we een kijkje nemen in die laserhal?' onderbrak Manzo hem.

'Jullie mogen spelen als je wilt', zei Roberto met een brede grijns naar Heleen.

'Daar hebben we geen tijd voor', zei Manzo.

De man ging hen voor naar de instructieruimte. Heleen volgde Manzo de trap op. Ben ik te bitchy tegen hem geweest? vroeg ze zich af.

'Ze waren dus in ieder geval met zijn drieën', zei Manzo. 'En ze hebben een laserspelletje gespeeld?'

'Klopt...' Roberto zocht in een kastje. '...Na het spel krijg je een computeruitdraai met je hits en het aantal schoten dat je hebt verbruikt.'

Hij bekeek drie printjes.

'Ze hebben er niet veel aan gehad', merkte hij op. 'Kijk maar, ze hebben nauwelijks geschoten. Die oudere man heeft zijn gun niet eens aangeraakt. Dat meisje heeft twee keer geschoten... Alleen die krullenkop heeft het slim aangepakt. Hij heeft lekker gescoord.'

Aan de muur hingen harnasjes waaraan een klein model uzi bungelde.

'Laseroutfits', zei hij. 'Die borstschilden hebben groene of rode lichtjes. Daaraan herken je je tegenstander.'

'Hoe ziet het er binnen uit?' vroeg Manzo.

Roberto deed de deur open. Het was donker, op een paar lichtjes na. Er stonden overal schotten met schietgaten. Hij sloot de deur achter hen en zette de muziek aan. Een discodreun denderde door de ruimte en de rook uit een mistmachine ontnam hun snel het zicht.

'Het moet Arash geweest zijn', riep Heleen. 'Hij heeft Bosselaar en Fatima hier ontmoet. Maar waarom hier?'

'Privacy', schreeuwde Manzo terug. 'Niemand ziet je in die duisternis en met die rookmachines. Niemand kan je afluisteren door die herrie.'

'Arash reed toch om de dag met Fatima naar Amsterdam?'

'Dan was het hem om een afspraak met Bosselaar te doen.'

'Waarom in deze uithoek?'

Manzo nam Heleen bij de hand en trok haar achter een schot. Hij bracht zijn mond dicht bij haar oor.

'Omdat hij Bosselaar wilde laten kennismaken met zijn landgenoten.'

Landgenoten? dacht ze, hoe weet jij dat?

Ze voelde Manzo's baardharen langs haar wang schuren.

# 12 Voetbal is oorlog

*Die T-shirts zag je sinds de rellen rond de supporterstrein in Nijmegen steeds vaker.*

Bij de ochtendbriefing in het crisiscentrum in het Nijmeegse stadhuis heerste een gespannen drukte. Iedereen was op last van de Leider Regionaal Kernteam Crisisinterventie opgetrommeld voor een update. Voorin zaten de burgerlijke autoriteiten.

Achter de tafel op het podium zaten twee hoofdcommissarissen, een hoge vertegenwoordiger van het ministerie van Binnenlandse Zaken, de hoofdofficier van justitie en de burgemeesters van Arnhem en Nijmegen. Die twee zaten gezusterlijk naast elkaar.

Manzo zocht een stoel achterin, tussen de politieagenten. Hij dacht terug aan dat moment in de lasergamehal dat Heleens lippen even zijn oor raakten. Ze had hem in die herrie gevraagd hoe hij wist dat Arash Bosselaar kennis had willen laten maken met landgenoten. Ja, hoe wist hij dat? Eigenlijk was het een gok. Daarom had hij Arash gisteren de hele middag in Nijmegen gezocht.

Bij de administratie van de Radboud Universiteit kon niemand iets vertellen over de verblijfplaats van de jonge medicijnenstudent.

Heleen had hem meegenomen naar plekken waar Arash zou kunnen zijn: de medische faculteit, waar Manzo van de gelegenheid gebruik had gemaakt de snijzaal te bekijken, de sociëteit van Carolus, waar men hem zelfs 'het kloppend hart van de vereniging' – drie tanks met duizend liter bier – had laten zien, en de Vereniging van Buitenlandse Studenten. Sinds Heleen Arash had gezien, was hij nergens meer gesignaleerd.

De leider van het crisisteam trok zijn das recht en tikte op de microfoon. Het geroezemoes in de zaal verstomde.

'Dames en heren,' zei hij plechtig, 'er is sprake van een noodsituatie.'

Manzo ging er eens goed voor zitten.

'We verwachten meer aanslagen. Op de website van een Afghaanse verzetsgroep is een bericht verschenen over het schietincident in Uruzgan. Nederlandse militairen van de Deployment Task Force zouden niet alleen Talibanstrijders, maar ook onschuldige burgers hebben gedood. Er wordt een nieuwe wraakactie in het vooruitzicht gesteld, waarbij die eerdere bom bij de Spoorwegen "slechts kinderspel" zou zijn.'

Hij keek de zaal rond om te zien welke impact zijn woorden hadden.

'Is het waar?' vroeg de burgemeester van Beuningen uit de zaal. 'Van die burgers?'

'De Nederlandse legertop ontkent het in alle toonaarden, maar of dat helpt is zeer de vraag!'

Hij liet erop volgen dat bij de KNVB inmiddels een dreigbrief was binnengekomen waarin werd aangekondigd dat 'een aanzienlijk deel' van de Nederlandse voetbalsupporters op weg naar Duitsland geen verdere overwinningen meer zou kunnen vieren.

'Die informatie houden we nog even onder de pet', zei hij. 'Paniek is het laatste wat we kunnen gebruiken. In de brief wordt het NS-station van Zevenaar genoemd.'

De burgemeester van Zevenaar verschoot van kleur.

'Geen probleem', zei de crisisleider. 'Hier is op gerekend. Het NS-station is al geïsoleerd en de omgeving is afgezet.'

Manzo had genoeg gehoord en hij glipte naar buiten.

Even later reed hij langs de Berg en Dalseweg om Heleen op te halen.

Ze arriveerden in Zevenaar, volgens Manzo normaliter het slaperigste stadje van Nederland, toen de laatste dranghekken werden geplaatst. Het station was helemaal ontruimd. De Bijzondere Bijstandseenheid van het leger ontbrak niet, constateerde Manzo, inclusief een pantservoertuig dat tussen het station en het voormalige, veel fraaiere, stationsgebouw – nu een kinderkledingwinkel – was opgesteld.

De scooterjeugd van Zevenaar had zich op het grasveld voor het station verzameld en hield opgewonden de gebeurtenissen in de gaten. Sommigen waren gehuld in oranje. Anderen droegen het shirt van De Graafschap.

Nog drie pantservoertuigen namen met ratelende rupsbanden posities in. Hun rubberen *pads* lieten bij het draaien sporen achter op het warme asfalt. De jongeren bekeken de militairen alsof een vreemde mogendheid hun gebied bezette.

Toen Manzo en Heleen over het grasveld naar het Stationsplein liepen, werd er juist een jongen gearresteerd die met zijn mobiel een foto had gemaakt van een met een bivakmuts getooide militair.

'Het lijken wel robocops', zei Heleen.

'Een elite-eenheid', legde Manzo uit. 'Gerekruteerd uit mariniers en commando's.'

De jongen werd door twee BBE'ers tegen de grond gewerkt. Een opblaasbare oranje klomp vloog door de lucht, zijn vriendinnetje gilde en iemand trok het mobieltje uit zijn handen. Het viel in het gras. De BBE'ers en de jongen grepen er tegelijkertijd naar. Een omstander die probeerde de jongen te hulp te schieten, kreeg een vuistslag op zijn kin en zakte in elkaar.

'Klootzakken!' gilde een meisje.

Ze droeg een T-shirt waarop in grote letters 'pigs' stond. Die T-shirts zag je sinds de rellen rond de supporterstrein in Nijmegen steeds vaker.

Verderop werden meer arrestanten afgevoerd. Het viel Heleen op dat vrijwel elke arrestant een donkere huidkleur had.

'Is dit normaal?' vroeg ze aan Manzo. 'Iedereen met een kleurtje is verdacht.'

'Ze zullen wel een reden hebben.'

Net toen ze hier wat op wilde zeggen, zag ze achter in de groep arrestanten een bekend gezicht. De jongen droeg een rugzak met de naam Cervex.

'Daar gaat Warhoofd!' riep ze.

'Warhoofd?'

'Arash!' riep Heleen naar de arrestant.

Die wendde zijn gezicht af.

Nogmaals gilde ze: 'Arash!'

Manzo wilde op hem af sprinten, maar een BBE'er versperde hem de weg. Hoewel Manzo zijn politiepasje toonde, was hij onverbiddelijk.

'Dit handelen wij af', gromde hij vanachter zijn bivakmuts. 'Wegwezen, vader.'

'Vader?!' sputterde Manzo en hij liep boos weg.

Hij was zo verbouwereerd dat hij bijna de zwarte Honda Shadow over het hoofd zag die naast het station stond geparkeerd. Hij noteerde snel het nummerbord. De eerste twee letters herkende hij. Ze kwamen overeen met die van de motor die hij bij zijn huis had gezien.

Hij was woedend toen ze terugreden naar Nijmegen.

'Wat denken ze wel! Stelletje arrogante klootzakken!'

'Al die opgepakte allochtonen waren natuurlijk landgenoten van Arash', zei Heleen spottend.

Dat maakte Manzo bijna nóg kwaaier, maar hij liet niets merken. Nadat hij Heleen thuis had afgezet, belde hij het nummerbord door en haastte zich naar het crisiscentrum. Hij stormde binnen en vroeg naar de dienstdoende chef. Een collega die hij nog nooit had gezien, hield hem voor de *operations room* tegen.

'U bent onbevoegd.'

Manzo duwde hem krachtig opzij. In de kamer zag hij een kaart van de provincie hangen. Een tiental plaatsen was gemarkeerd met een vlaggetje. Manzo kneep zijn ogen samen. Hij noteerde snel de namen. Veel daarvan kwamen overeen met de lijst van Bosselaar.

'Dit is verboden terrein', zei de man. 'Ik zal dit moeten rapporteren.'

'Je doet maar, eikel!' brieste Manzo.

Op zijn mobiel kwam een sms'je binnen: 'De motor staat op naam van Arash Wardak.'

# 13 Een windvlaag in de lente

*De dronkemanscellen... niet zo tactisch om daar een moslimjongen op te sluiten.*

Manzo koelde pas af toen hij terug was op het hoofdbureau in Arnhem. Gelukkig zat hij nu twee bruggen verwijderd van dat crisiscentrum in Nijmegen. Hier had hij een stuk minder last van allerlei hotshots die meenden dat ze iets over je te zeggen hadden. Appelaar wenkte hem en Manzo voegde zich bij het groepje collega's van de centrale recherche. Ze hadden net de formulieren met aangepaste diensten gekregen.

'Dit is geen werkrooster, dit is een sluipmoord', hoorde hij een van hen zeggen.

'Hé, Manzo, de BBE heeft alle arrestanten uit Zevenaar overgedragen. Ze moeten vandaag nog worden verhoord. Iets voor jou?'

'Wat is de bedoeling?'

'Personalia controleren. Antecedenten checken. Het vertrouwde handwerk.'

'Eentje dan', zei Manzo. 'Hebben jullie een zekere Wardak in de aanbieding?'

'Wardak? Nou, dat was een vette vangst', zei Appelaar met ironie. 'Hij is uit de trein gehaald door acht man van de BBE!'

'Hoezo?' vroeg Manzo terwijl hij ging zitten.

'Wardak werkt op de lijn Arnhem-Winterswijk als Autonome Catering Unit, een veredelde koffiejuffrouw. Hij loopt de hele dag door de gangpaden met een container heet water op zijn rug. Volgens onze terroristenexperts kun je die container ook met vijftig kilo explosieven vullen. Even wachten totdat de ICE naar Frankfurt voorbij raast... Ja, je moet echt hebben doorgeleerd om dat te bedenken.'

Hoewel hij die theorie eigenlijk best realistisch vond, grinnikte Manzo mee.

'Die knaap heeft een dossier bij de IND', zei Appelaar. 'Ligt op mijn bureau. Als je d'r zin in hebt... Maar ik waarschuw je. Wardak stáát op een tolk. Moet je een specialist bestellen die tegen een uurtarief van vijfhonderd euro het exclusieve dialect van mijnheers geitendorp komt vertalen.'

'Waar hebben jullie hem verstopt?'

'In de kelder', zei Appelaar vergenoegd.

De dronkemanscellen, dacht Manzo. Niet zo tactisch om daar een moslimjongen op te sluiten.

'Ik neem hem', beloofde hij.

Hij stond op en liep naar de wachtcommandant. Hij vroeg de persoonlijke spullen op die Arash Wardak, net als elke andere arrestant, had moeten afgeven. Manzo kreeg een zakdoek en een pakje Post-its mee. Hij bracht ze naar de technische recherche.

'Kunnen jullie dit pakje papier onder de microscoop leggen?' vroeg hij aan een jonge rechercheur. 'En als jullie toch bezig zijn, wil je dan meteen even controleren of het DNA uit deze snotlap overeenkomt met de haren van die Afghaanse muts die ik eergisteren heb afgeleverd?'

Omdat de collega Manzo aankeek alsof hij een oneerbaar voorstel deed, voegde hij er aan toe: 'Nú dus, het is háástwerk.'

Daarna zocht hij een lege verhoorcabine op en liet Arash Wardak naar boven brengen. In de tussentijd bladerde hij door zijn IND-dossier. Wardak was nog voor de Amerikaanse inval uit Afghanistan gevlucht en had hier het verloop van de strijd afgewacht. Zijn advocaat had een permanente verblijfsvergunning weten te regelen op grond van een ambtsbericht van de Nederlandse ambassade. Daarin stond dat zijn ouders en drie broers waren gedood als gevolg van 'oorlogsgerelateerd geweld'. In Nederland had Arash Wardak een indrukwekkende staat van dienst opgebouwd in de ongecertificeerde arbeidssector. Schoonmaker, bollenpeller, aspergesteker, pizzakoerier, taxichauffeur en manusje-van-alles bij een bedrijf in scheepsbenodigdheden.

Voor iemand die met veel machtsvertoon uit een trein was gehaald, gedroeg Wardak zich opvallend ontspannen. Bij binnenkomst gaf hij Manzo beleefd een hand.

'Iek wiel...' begon hij.

'...een tolk', onderbrak Manzo hem. 'Weet ik, jongen. Gaan we het nu even over gezellige dingen hebben. Zeg, Arash, jij rijdt op een Honda Shadow, niet?'

Arash knikte wantrouwend.

'Hoe rijdt dat?'

Arash glimlachte en zei iets in het Arabisch.

'Ondertiteling graag', zei Manzo.

'Als een windvlaag in de lente', zei Arash.

Manzo schoof het dossier opzij.

'Die fiets van jou heeft 750 cc, hè?' zei hij. 'Ik heb zijn tweelingbroertje in de schuur staan, de Fire Storm.'

Dat was een leugen, maar na een bevestigend knikje van Arash ging hij verder: 'Hoe is de wegligging bij die Shadow? Waar zit het zwaartepunt?'

'Laag', zei Arash. 'Dat maakt de machine stabiel.'

Manzo glimlachte waarderend. Elke verdachte praatte, ook in het Nederlands, als je eenmaal zijn zwakke plek had gevonden.

'Handig als je helemaal in Winterswijk woont', ging hij verder.

Arash maakte een gebaar alsof hij Manzo wel in alles gelijk zou willen geven.

'Woon je bij vrienden? Of heb je een vriendin?'

Arash knikte.

'Fatima Ansloo?'

'Fatima... zij was een schande voor het geloof.'

'En ook voor jou?'

Hij observeerde Arash een paar seconden en constateerde dat zijn gezichtsuitdrukking verhardde.

'Wanneer heb je haar voor het laatst gezien?' probeerde hij, maar Arash schudde zijn hoofd en hulde zich in stilzwijgen.

Manzo dacht na. Hij zocht naar een plan van aanpak.

'Je kunt gaan', zei hij plotseling.

Hij greep de telefoon en informeerde of het onderzoek naar de spullen van Arash Wardak al wat had opgeleverd. Dat was het geval. Hij bracht Arash naar de wachtcommandant, gaf hem zijn bezittingen terug en wenste hem een prettige dag. Tijd om Heleen eens bij te praten, vond hij. Hij toetste haar nummer in op zijn mobiel.

Op zijn kamer werd hij opgewacht door hoog bezoek. Commissaris Van Lopik en een jurist die hij herkende van Personeelszaken stonden bij zijn bureau. De jurist hield de externe harde schijf van Bosselaar in zijn hand. Van Lopik stond voorovergebogen en grabbelde iets uit Manzo's geopende bureaulade.

'Problemen?' vroeg hij.

Van Lopik richtte zich op.

'Er is een klacht tegen je ingediend, Gorzak. De weduwe van Bosselaar beschuldigt je van diefstal.'

Manzo trok een verbaasd gezicht.

'Niet ten onrechte, zo te zien', zei de commissaris. 'We moesten het Bureau Interne Zaken maar inschakelen.'

Manzo opende zijn mond, maar de jurist was hem voor.

'Nou, dan weet je het wel, Gorzak', zei hij. 'Je kunt hier voorlopig niet meer komen. Je persoonlijke spullen mag je...'

Manzo hoorde Heleen een paar keer 'hallo' in de hoorn roepen. Hij duwde Van Lopik opzij en ging achter zijn bureau zitten.

'Sorry,' zei hij, 'ik werd even afgeleid. Ik ben zojuist op non-actief gesteld. Door commissaris Van Lopik.'

Hij keek de commissaris recht aan.

'Met één o en één pik', ging hij verder. 'Maar nu ter zake. Die tekst, "Vervloekt" en zo, die komt uit Deuteronomium 27:18. De technische recherche heeft een doordrukje gevonden op een pakje Post-its. Dat zat in de bagage van onze Afghaanse vriend.'

# 14 Geen blaastest

*Daar stond hij, boven de pisbakken.*

Nee, Fatima had het nooit over de islam gehad.

'Wij zijn katholiek, meneer Gorzak', zei haar vader toen Manzo hem na de begrafenis condoleerde. 'Bij ons ging ze altijd mee naar de mis. In april nog.'

De moeder van Fatima sprak door haar tranen heen.

'We wonen in Portugal vlak bij de bedevaartsplaats Fatima. Daar is onze dochter naar vernoemd.'

Bosselaar was een dag eerder gecremeerd. Op zijn uitvaart durfde Manzo zich niet te vertonen, na de klacht van de weduwe.

De dagen na zijn schorsing miste hij Heleen. Nu waren ze samen op de begrafenis van Fatima. Tijdens de mis had hij haar zijn zakdoek geleend. Bij de koffietafel kreeg hij hem terug, vol met mascaravegen.

'Fatima's ouders wisten niets van een relatie met Bosselaar', zei hij.

'Dat verbaast me niet', zei Heleen. 'Streng katholiek en een relatie met een veel oudere getrouwde man...'

Toen verraste ze hem met een uitnodiging voor het galabal van Carolus op Slot Doddendael. Waarschijnlijk voelde ze zich schuldig over die diefstal bij mevrouw Bosselaar. Hij stemde gretig toe.

Hij haalde haar de volgende avond met de auto op. Hij droeg zijn gala, inclusief gouden koord. Het zat wat krap, vond Heleen.

'En waarom heb je onze Afghaanse vriend laten gaan?' vroeg ze.

'Er is geen sluitend bewijs. Ik kan geen mensen vasthouden die een keer langs je huis rijden en een briefje achterlaten. Dat was vást studentenhumor.'

'Geloof je het zelf?' vroeg Heleen.

Manzo zuchtte.

'Ik kan niks meer doen nu ik geschorst ben.'

Toen ze in Ewijk aankwamen, brandden er reeds fakkels langs de halfverharde oprijlaan, walmend in de zwoele zomerlucht. In de verte stak het veertiende-eeuwse kasteeltje wit af tegen de paarse avondhemel.

Op de parkeerplaats, naast een fruitboomgaard, was het druk. Er hing een uitgelaten stemming. Een jongen schreeuwde naar een dispuutgenoot: 'Hé, Gorilla, leuke dame!'

Meisjes frunnikten aan elkaars jurken. Een groepje studenten in rokkostuum rolde lachend uit een busje. Iemand had een aangebroken fles champagne in zijn hand.

'Knorren,' fluisterde Heleen, 'jongens zonder date.'

Ze dacht aan Fatima. Als zij lid was geweest van Carolus, was er geen feest geweest. Dan had de vereniging een officiële periode van rouw afgekondigd.

Nu werd er alleen gepráát over de professor en de studente.

Heleen gaf Manzo een arm. Ze droeg een zwarte zijden galajurk, met een diep decolleté. Op haar hoge hakken was ze net iets groter dan hij. Bij de ingang werden ze welkom geheten door Shofel.

'Ha, Heleen', zei hij, en hij zoende haar op haar wang. 'Blij dat je toch gekomen bent. En u bent?'

Manzo stak zijn hand uit.

'Manzo Gorzak.'

'Een echte hoofdcommissaris!' riep Shofel.

'Inspecteur', verbeterde Manzo hem.

Shofel wees naar de bladen met glazen kir royal.

'Neem een welkomstdrankje.'

Daarna legde hij uit wat er allemaal te doen was.

'In 't Spijcker, het koetshuis dat jullie net zijn gepasseerd, zal straks onze huisband optreden. In de Gelagkamer wordt een koud en warm buffet geserveerd. En vanaf middernacht is er beneden in de kelder een disco met dj Pepta. O ja, en in het Salet is er roulette.'

Binnen was het al gezellig druk. Heleen keek rond of ze Arash ergens zag.

'Kom', zei ze tegen Manzo.

Ze stelde hem voor aan de vriendinnen uit haar flat.

'Goh,' zei Sonja, een meisje met een paardenstaart, 'een echte politieman. Hoe kennen jullie elkaar eigenlijk?'

Nu pas realiseerde Heleen zich dat het er tamelijk verdacht uitzag: zij met een politieagent van boven de veertig. Zou iemand vermoeden waarmee ze bezig waren?

Ze lachte, trok haar schouders op en hief haar handen: 'Stage, hè.'

'Hé, kom je nu al een blaastest afnemen?' vroeg een jongen die langsliep.

'We gaan een rondje maken', zei Heleen tegen Manzo.
In het Salet was de roulette al begonnen.
'Faites vos jeux... Rien ne va plus', riep de ingehuurde croupier. 'Dames en heren, u kunt weer inzetten. En wat is de hoofdstad van Burkina Faso?'
'Ouagadougou', riep Manzo.
'Meneer de agent, u heeft een fiche gewonnen.'
Terwijl Manzo inzette, liep Heleen de Ridderzaal in. Shofel inspecteerde daar net de cocktailjurkjes van twee eerstejaars studentes. Heleen tikte hem op zijn schouder.
'Heb jij Warhoofd gezien?'
'Natuurlijk,' zei Shofel, 'Warhoofd is de chauffeur van onze bestuurslimousine. Een eerstejaars en nog wel eentje die niet drinkt. Ook bij de ontgroening heeft hij geen druppel alcohol gedronken. Leverde hem bijna een watervergiftiging op.'
Hij wees naar de herentoiletten.
'Bedankt, Shofel.'
Ze keek om zich heen of niemand het zag en glipte de toiletten binnen. Daar stond hij, boven de pisbakken. Arash droeg een smoking, voorgeschreven voor eerstejaars. Als onderscheid met de ouderejaars, die allemaal in rokkostuum gekleed waren.
'Dreigbrieven sturen?' zei ze en ze porde hem in zijn rug. 'Ik geloof niet dat ze hier zo blij zijn als ik ze vertel dat jij enge briefjes aan mij stuurt.'
Arash ritste snel zijn gulp dicht.
'Je moet je er gewoon buiten houden', zei hij.
'Wát?' riep Heleen.
'Dat je je erbuiten moet houden. Dat lossen we zelf op. Een moslima met een Hollander. Wat denk je nou zelf?'
Ze wilde net vragen waarom hij Bosselaar en Fatima dan zo nodig in die lasergamehal had willen ontmoeten, toen de

deur openvloog. Drie jongens kwamen joelend binnen.

'O, Heleentje, moet jij je behelpen met zo'n arme eerstejaars? Waar is je politieman?'

Lallend sloeg een van hen Wardak op zijn schouders.

'Hé, Warhoofd, jij hebt toch niet te veel gezopen? Straks moet je nog rijden!'

Gedrieën namen ze Heleen bij de arm en trokken haar terug de zaal in. Tegen de vriendinnen uit haar flat riepen ze: 'Heleentje zat op de herentoiletten met Warhoofd! Wij hebben hem gered!'

Heleen rukte zich los.

'Opzouten, achterlijke knorren!' schold ze.

Ze schikte haar jurk recht en klikte driftig weg op haar hoge hakken. Ze ging weer op zoek naar Arash.

'Heb jij Wardak gezien?' vroeg Heleen aan Manzo, die nog altijd achter de roulettetafel zat.

'Nee', zei hij onverschillig. 'Jij wel?'

Hij had flink verloren. Alleen bij het raden van hoofdsteden had hij fiches gewonnen. Venezuela-Caracas. Zimbabwe-Harare. Daar was hij goed in.

Aan het einde van de avond ontstond rumoer omdat het bestuur zelf naar huis moest rijden. Hun chauffeur was verdwenen.

Toen Manzo haar die nacht thuisbracht, drukte ze hem een zoen op zijn wang.

'Ik haal je morgenvroeg op,' zei Manzo, 'vanwege dit.'

En hij haalde triomfantelijk een paar A4'tjes uit zijn binnenzak.

'Ik heb nog altijd die lijst van Bosselaar', zei hij.

'Ga je mee, naar binnen?' vroeg ze.

# 15 De Bosselaarlijst

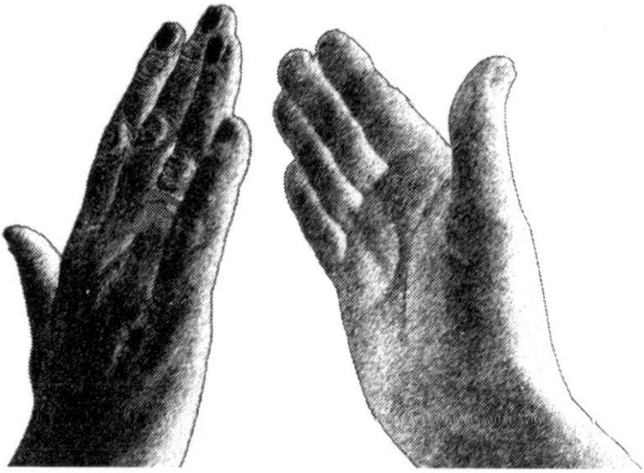

*Hij hield zijn hand omhoog... 'Deal.'*

'Nee', zei Manzo vlak. 'Met je mee naar binnen gaan, dat lijkt me niet zo verstandig.'

'Niet verstandig?' vroeg Heleen verbaasd.

Manzo knikte met een gezicht alsof zijn antwoord vanzelf sprak.

'Ja, belangenverstrengeling, hè?' zei hij.

'Och ja, natuurlijk', antwoordde ze en ze hoopte dat het luchtig klonk.

'Maar morgenochtend vroeg kom ik je weer ophalen...' Manzo keek op zijn horloge. '...over een paar uur al. Tot dan, hè?'

Hij gaf haar een kneepje in haar bovenarm.

De volgende ochtend belde hij om halfacht aan en dit keer sloeg hij de uitnodiging om binnen te komen niet af. Ze gaf hem een kop koffie.

'Waar gaan we heen?' vroeg ze.

'Tiel', zei Manzo.

Wat is daar te doen? wilde ze vragen, maar de telefoon ging. Ze nam op en onderdrukte een zucht. Haar moeder. Soms was ze net een snuffelhond. Ze liet zich verleiden tot een gesprek over koetjes en kalfjes totdat Manzo zijn beker met een klap neerzette.

'Kom, Heleen', commandeerde hij. 'Aan het werk.'

Het was even stil aan de andere kant van de lijn.

'Wie is dat?' vroeg Heleens moeder.

Heleen wierp een geïrriteerde blik op Manzo, die zich uitrekte.

'De loodgieter', antwoordde ze. 'Ik heb een lekkage. We bellen nog. Dag mam.'

'Die actie in Zevenaar heeft zeker niets opgeleverd?' vroeg ze terwijl ze naar de auto liepen.

'Nee', gaf Manzo toe. 'Alle verdachten zijn op vrije voeten gesteld.'

Heleen liet een afkeurend gesis horen.

'Vreemd dat Arash bij die actie is opgepakt. En gisteravond liet hij ook nog eens doorschemeren dat hij méér weet over de dood van Bosselaar en Fatima.'

'Dat kan allemaal toeval zijn', zei Manzo.

Heleen gaf hem een por in zijn zij: 'Toeval is de vluchtweg voor de armzaligen van geest.'

Manzo kleurde. Niet vanwege haar opmerking, maar omdat ze hem aanraakte.

'Arash bedoelde eerwraak', stelde ze.

'Eerwraak is gewoon wraak', antwoordde Manzo. 'Een smoes om iemand te liquideren die zich niet aan de regels houdt. Pure maffiapraktijken. Misschien stond Arash daar ook een beetje stoer te doen.'

'Maar zou het wáár kunnen zijn', ging ze onverstoorbaar

verder, 'dat Fatima als nieuwbakken moslima werd geconfronteerd met de gevolgen van haar overspel? Dat haar ex-vriendje zijn eer wilde redden?'

'En Bosselaar dan?' vroeg Manzo. 'Eerwraak treft toch alleen de vrouw?'

'Collateral damage misschien', zei Heleen.

'De vraag is of Fatima daadwerkelijk islamitisch is geworden', zei Manzo. 'En zo ja, waarom? Jij stond dicht bij haar. Wat denk je?'

Heleen keek naar buiten. Ze had wel artikelen gelezen over autochtone vrouwen die de sjahada hadden afgelegd, de islamitische geloofsbelijdenis. Ze vonden blijkbaar saamhorigheid in hun nieuwe geloofsgemeenschap en de strakke regels zouden wel een houvast in een chaotische wereld bieden. Vroeger gingen ze daarvoor in het klooster. Maar was Fatima op zoek naar dit soort zekerheden? Ze was niet eens lid geworden van Carolus.

'Nee, Fatima was geen moslima', antwoordde ze. 'Ze was een geboren einzelgänger.'

'Wat deed ze dan bij het Islamitisch Instituut in Amsterdam?'

Heleen zoog haar wangen naar binnen. Dat was waar, bijna een halfjaar lang had Fatima verstek laten gaan op de colleges. Voor scriptieonderzoek...

'Fake?' vroeg ze zich hardop af. 'Misschien deed ze onderzoek voor Bosselaar. Die had toen zijn zogenaamde burn-out-periode. Heb je dat nog uitgezocht?'

'Hij legde de laatste hand aan een publicatie over terrorismebestrijding. Die zou heel wat stof doen opwaaien, althans volgens die twee hulpjes van hem.'

'Misschien heeft Bosselaar Fatima gebruikt als infiltrant', zei Heleen.

'Heeft Fatima echt niets laten doorschemeren?'

Heleen hoorde de nadruk in zijn stem.

'Ze heeft me alleen beloofd materiaal te geven', zei ze. 'En dat is er niet van gekomen.'

'Dat hele moslimgedoe is een doodlopende weg', zei Manzo. 'Wij gaan het dichter bij huis zoeken. Terug naar Bosselaar zelf.'

'Wie zijn "wij"?' vroeg Heleen. 'Jij bent toch geschorst?'

'Jij en ik. Anders komt het onderzoek helemaal stil te liggen. Deal?'

Hij hield zijn hand omhoog. Heleen aarzelde, maar sloeg de hare ertegenaan.

'Deal.'

Manzo draaide de afrit bij Tiel-West op. Hij scheen er de weg te kennen en reed de wijk Passewaay binnen. Sommige huizen waren versierd met oranje vlaggetjes. Maar de buurt wordt er niet vrolijker op, dacht Heleen. Via een laantje dat Conference heette, draaiden ze een straat met de naam Reine Claude in.

'Hé, Flipjes eigen fruitbuurt', zei ze.

Ze wees op de grote variëteit aan huizen.

'Die zijn overduidelijk door de bewoners zelf ontworpen. Achter op een bierviltje. Er is alleen een architect aan te pas gekomen om te zorgen dat de zaak na de bouw niet meteen in elkaar donderde.'

'Ik vind het wel aardig', zei Manzo. 'Het doet een beetje Belgisch aan. Dat je mag bouwen waar je zin in hebt.'

Hij stopte voor een huis met een oranje spandoek.

'We gaan posten', zei hij.

Na een kwartier kwam er een militair naar buiten. Met zelfbewuste tred stak hij de straat over en deed het portier open van een grijsgroene Opel Corsa.

Hij gooide zijn aktetas op de achterbank en reed weg.

'Noteer wat ik je zeg', fluisterde Manzo.

In snel tempo dicteerde hij het signalement van de man, het kenteken van zijn wagen en het tijdstip van vertrek.

'Wie is dat?' vroeg Heleen.

'Nummer één van de Bosselaarlijst', antwoordde Manzo.

'Waarom bellen we niet aan?'

'Ik ben geschorst, weet je nog? Als ik dat doe, kom ik echt in de shit.'

Ze zagen hoe tientallen ouders hun kinderen naar een betonnen schooltje brachten, dat veel weg had van een extra beveiligde inrichting. Daarna daalde er een landerige rust over het wijkje.

'Kom, we gaan even lopen', zei Manzo na een uur. 'Volgens dat reclamebord is er vlakbij een nostalgische kermis.'

Ze wandelden naar een veldje waar een circustent stond. Eromheen stonden oud-Hollandse attracties. Voor een tent die Papillon heette bleven ze even staan.

'Geinig, een ouderwetse rups', zei Manzo.

Hij keek in het kassahokje. Een man draaide met een combinatietang twee draden in elkaar.

'Gorzak, politie', zei hij. 'Kunnen we een testrit maken?'

'Henri, kermisexploitant', antwoordde de man. 'Neem dat juffie ook maar mee.'

Toen de kap bij de derde ronde dichtging, schoof Manzo dicht naar Heleen toe.

'Ik kan er niks aan doen', grinnikte hij. 'Middelpuntvliedende krachten.'

Op de terugweg naar Nijmegen, keek Manzo een paar maal in zijn spiegel. Zijn vrolijkheid was plotsklaps verdwenen.

'We worden gevolgd', zei hij. 'En ik kan nu niet met mijn politiepasje gaan wapperen.'

# 16 Een verkeersinfarct

*Hij zag net een sportslip hangen...*

Manzo drukte het gaspedaal diep in. Heleen zat half omgedraaid.

'Noteer merk, type en kenteken!' beval hij.

'Een zwarte Suzuki 4WD', zei ze. 'Het nummerbord is afgeplakt.'

In de verte, voor de afslag Kesteren, stond een korte file. Hij stuurde zijn BMW met grote snelheid de vluchtstrook over. In de rij wachtenden werd hevig getoeterd. Manzo nam de afslag, laveerde tussen de claxonnerende auto's door en schoot opnieuw de A15 op. Maar de achtervolger liet zich niet afschudden.

Weer op de snelweg voerde Manzo de snelheid zo hoog op dat de andere auto's stil leken te staan. De zwarte terreinwagen begon desondanks in te lopen.

Even later kleefde hij aan hun bumper. Manzo tikte met zijn linkervoet op het rempedaal om hem met zijn remlichten op afstand te houden. De 4WD schoot de linkerbaan op. Ze konden de bestuurder nu zien zitten, een man of vrouw met een bivakmuts. Plotseling week de 4WD naar rechts, Manzo stuurde zijn wagen over de doorgetrokken witte streep en naderde de berm tot op een halve meter. Heleen zag de kilometerpaaltjes steeds dichterbij langsflitsen.

'Manzo!' gilde ze.

De knokkels van zijn handen op het stuur werden wit. Hij stuurde terug naar links. Er was nog maar een paar centimeter ruimte tussen hen en hun belager. Heleen keek naast zich. Ze zouden van het talud in een betonnen goot storten...

De Suzuki moest remmen en uitwijken voor een bestelwagen. Manzo vloog er rechts voorbij. De Suzuki raakte achterop maar begon aan een nieuwe inhaalrace.

Heleen zette zich schrap toen ze bij de afslag naar de A325 kwamen. De Suzuki dook weer naast hen op.

'Nu!' riep Manzo en hij remde krachtig.

Hij liet de Suzuki voorgaan, die meteen over de weg begon te zigzaggen. Manzo gaf een ruk naar links alsof hij wilde passeren. De bestuurder van de Suzuki reageerde onmiddellijk en dreigde hen tegen de vangrail klem te rijden.

Manzo remde weer, maakte een slinger naar rechts en schoot vol gas de afslag naar de A325 richting Arnhem op. De Suzuki was te laat, deed nog een poging hen te volgen maar miste de afslag. Manzo moest uit alle macht remmen, schampte de vangrail maar slaagde erin de wagen recht te houden.

'Nijmegen gemist', mompelde hij.

Met hoge snelheid reed hij door naar Arnhem. Op de buitensingel slalomde hij tussen het verkeer door. Even dreigde hij recht op het terras van café Vrijdag in te rijden, waar de clientèle, voornamelijk bier drinkende kunstenaars, uiteenstoof en hij schoot met piepende banden een parkeerplaats op. Pas toen durfde Heleen weer wat tegen hem te zeggen.

'Was dat Arash?'

Manzo veegde het zweet van zijn voorhoofd.

'Die lui in bivakmutsen stellen zich tegenwoordig niet meer netjes voor', zei hij.

Even verderop was een supermarkt.

'Even een krant kopen', zei hij tegen Heleen. 'Kijken of er iemand achter ons gaat stilstaan.'

Toen hij terugkwam, gooide hij *De Gelderlander* op haar schoot en prikte met zijn wijsvinger naar de grote kop op de voorpagina.

## Dreigende aanslag op openbaar vervoer

Door MARIANNE OOSTER

NIJMEGEN – De massale politiecontroles in het openbaar vervoer van de afgelopen week houden verband met een dreigende terroristische aanslag. Dat melden anonieme bronnen binnen de politie en het openbaar bestuur. De pas opgerichte landelijke Dienst Speciale Interventies houdt op verschillende plaatsen in Nederland grote oefeningen.

'Wat is hiervan waar?' vroeg Heleen.

'Vergelijk de waarheid maar met het beeldscherm van een computer. Dat is wat je zíét, maar de programma's die op de achtergrond meedraaien, zijn onzichtbaar.'

'Dus?'

'Dat geldt ook voor die achtervolging. Dus vind ik het niet verstandig dat je nu naar huis gaat', zei hij. 'We weten tenslotte niet wie gevolgd werd, jij of ik.'

Op weg naar Oosterbeek hield hij zorgvuldig het verkeer

in de gaten. Op Onderlangs zat alles muurvast, de normale verkeersobstipatie waar Arnhem al zes jaar aan leed en die volgens de planning nog tot ver in de eenentwintigste eeuw zou duren. Pas een halfuur later stopte hij voor zijn appartement.

'Het lijkt me veiliger als je vanavond hier blijft slapen. In mijn bed.'

'In jouw bed?'

'Ik ga op de bank', zei Manzo. 'Schrijf hier maar op wat je nodig hebt.'

Hij checkte ondertussen zijn e-mails. De man in Tiel bleek Ton Zeldenrijk, een sergeant-majoor uit het leger.

Toen Manzo even later vertrokken was met het boodschappenlijstje – alleen 'een tandenborstel' en 'ondergoed' – nam Heleen de tijd om het appartement te bekijken.

Een mannenhuishouden, concludeerde ze. In de hoek van de badkamer lag een stapel wasgoed. In de koelkast stonden alleen kant-en-klaarmaaltijden. Het appartement leek jaren geleden in één keer ingericht en daarna nooit meer veranderd. Op zijn bureau stond een foto van een jonge vrouw. Mooie vrouw, dacht ze. Was dit zijn vriendin? Ze bladerde door zijn post. Er zat een ansichtkaart tussen. Nieuwsgierig las ze de tekst. 'Ik leef met je mee. Liefs, Frances'. Was dit de vrouw van de foto?

Ze zette de tv aan. Had Manzo die naam al eens genoemd? Ze dacht van niet.

Hij sprak nooit over vrouwen. Wat zou hij eigenlijk voelen als hij aan háár dacht?

Ze schoof de gordijnen aan de galerijzijde iets opzij. Manzo had haar gezegd voor niemand open te doen. Beneden op de parkeerplaats liet iemand een hond uit. Aan de andere zijde van de flat stroomde de Rijn in de diepte. Ver weg waren nog net de contouren van de elektriciteitscentrale van

Nijmegen te zien. De telefoon ging. Heleen aarzelde even en nam toen toch op.

'Met het huis van Manzo Gorzak.'

'Is Gorzak er niet?' zei de stem aan de andere kant van de lijn. 'Wie bent u?'

'Ik ben de schoonmaakster', zei Heleen. 'Meneer Gorzak is even weg. U kunt hem ook mobiel bellen.'

Ze begon zijn nummer te noemen.

'Nee, nee, die lijn is niet safe', onderbrak de stem haar. 'Zegt u maar dat hij Knuvelder terugbelt. Van Verbindingen. Het is urgent.'

De man aan de andere kant verbrak het gesprek. Ze zocht een pen en schreef de boodschap op.

Knuvelder, Verbindingen? Manzo is toch op non-actief gesteld? dacht ze.

Ondertussen was Manzo aangekomen bij een lingeriewinkel in het centrum van Oosterbeek. Meer dan vijf jaar geleden had hij voor het laatst damesondergoed gekocht. Charlotte was toen net opgenomen in het ziekenhuis.

Hij had een rood, kanten setje meegebracht.

'Leuk voor de artsen', was haar reactie.

Daarmee kon hij niet bij Heleen aankomen. Het moest sportiever. Neutraler ook.

Hij zag net een sportslip hangen die hem wel geschikt leek, toen iemand een hand op zijn schouder legde.

# 17 Buitenseks

*'Iemand', smaalde ze. 'Een klein, lief kaboutertje zeker?'*

Met een ruk draaide Manzo zich om en greep de hand vast.

'Slecht geweten, Manzo?'

Hij ontspande. Het was Frances, een collega met wie hij vorig jaar nauw had samengewerkt. Er was meer dan een wederzijdse sympathie ontstaan. Na afloop van een rechtszitting hadden ze een hele middag op het terras gezeten. Daar bekende ze dat ze verliefd op hem was geworden. 'En jij?' had ze gevraagd.

Manzo had om bedenktijd gevraagd. Het enig mogelijke foute antwoord. Dat maakte ze hem duidelijk door kort daarop na een personeelsfeestje met een jongere collega weg te rijden.

'Eigenlijk was ik op weg naar jouw flat', zei Frances.

Ze liet een plastic map zien met het logo van het Forensisch Instituut.

'O ja?' vroeg Manzo.

Frances legde haar hand op zijn arm.

'Appelaar heeft die zaak in Wageningen overgenomen, maar hij zit vast op het crisiscentrum. Dit kwam binnen en ik dacht... nou ja, ik wéét dat jij gewoon doorgaat.'

Pas toen ze Manzo de map in zijn handen drukte, ontdekte ze dat hij een sportslipje vasthield.

'O', zei ze blozend. 'Hoe heet ze?'

Manzo zag haar kaken verstrakken.

'Een logeetje', mompelde hij.

In plaats van een afscheidszoen gaf Frances hem een klap op de schouder.

'Succes hè!' zei ze. 'Met alles.'

Toen hij thuiskwam, zei Heleen: 'Je moet ene Knuvelder van Verbindingen terugbellen.'

'Mooi', zei Manzo. 'Wil jij dit rapport even doorlezen? Op de slaapkamer. Het eindverslag van de patholoog-anatoom.'

'Wat mag ik niet weten?' vroeg Heleen boos.

'Dat ga ik zo meteen horen', zei Manzo.

'En wie heeft dit bezorgd?' vroeg ze.

'Iemand.'

'Iemand', smaalde ze. 'Een klein, lief kaboutertje zeker?'

Manzo zuchtte demonstratief, gaf Heleen het rapport en hield de slaapkamerdeur open. Ze plofte op het bed en begon te lezen. Al snel werd ze afgeleid door de basstem van Manzo uit de woonkamer. Belachelijk dat ze erbuiten werd gehouden. Waarom eigenlijk? Ze dwong zich haar aandacht bij het rapport te houden. Na tien minuten stond ze op en legde ze haar oor tegen de deur.

'Door wie wordt zijn broer verhoord?' hoorde ze Manzo vragen. En na een stilte: 'Laat ze hem verdomme niet aan de Amerikanen overdragen!'

Ze hield haar adem in. Manzo verhief zijn stem.

'Nee, dat houd je maar even achter. Geen pers. Als Wardak dát oppikt...'

Hij legde neer. Heleen liep snel terug naar Manzo's bed.

'Iets drinken?' vroeg hij.

Ze deed alsof ze nog steeds geïrriteerd was.

'Nee, vertel eerst maar wat ze je verteld hebben.'

'Het ging over Bosselaars wagen', begon Manzo. 'Er zijn geen beschadigingen gevonden. Het is dus uitgesloten dat Bosselaar en Fatima in het water zijn gereden, zelfs niet heel langzaam. Verder was de wagen motorisch in orde. Het enige opvallende waren roestsporen op alle vier de wielkasten. Maar de handrem was aangetrokken. Da's vreemd.'

'En is er in de wagen nog iets gevonden?'

'Drie flesjes sportdrank van het merk Extran', zei Manzo. 'Leeg. Geen vingerafdrukken.'

'En dat heb jij allemaal gehoord van Knuvelder van Verbindingen? Je was toch geschorst?'

'Daar zijn vrienden voor', zei Manzo. 'Nu jij.'

'Verder niets?' probeerde Heleen.

Manzo haalde zijn schouders op.

'Verder niets', zei hij.

Heleen pakte het rapport. Moest ze beginnen over wat ze had opgevangen?

Later, besloot ze.

'Fatima en Bosselaar kregen een overdosis kalium', zei ze. 'De oorzaak van die acute hartstilstand. Het spul is intraveneus toegediend. Wie de spuit heeft bediend, staat er niet bij.'

'Dat is hun taak ook niet', zei Manzo. 'Kaliumchloride? Dat wordt wel gebruikt bij actieve euthanasie.'

'Klopt', zei Heleen. 'En in Amerika wordt er tegenwoordig de doodstraf mee voltrokken. De gevangenen moeten wel eerst verdoofd worden.'

'En in dit geval?'

'Er zijn sporen van oxazepam in hun bloed aangetroffen. Een zwaar slaapmiddel.'

Ze keken elkaar een tijdje peinzend aan.

'Goed, daarna zijn ze dus gedumpt', zei Manzo. 'Maar hoe? Op dat punt is geen hijskraan te bekennen.'

Hij keek op zijn horloge.

'We gaan naar Wageningen. De havenmeester opzoeken.'

De Wageningse haven was eigenlijk een dode zijarm van de Rijn. Bosselaar en Fatima waren halverwege gevonden, vlak bij een tankopslag voor olie en benzine. Ze troffen de havenmeester in het Havengebouw, dat naast enorme bergen grind en zand lag.

'Jullie komen verrekte ongelegen', zei hij. 'Ik wil vanavond voetbal kijken.'

'We houden het kort', zei Manzo. 'Hoe krijg je een personenwagen onbeschadigd vijftien meter van de kade in het water?'

'Tja,' zei de havenmeester, 'wat dacht je van een kraan?'

'En als je die niet bij de hand hebt?'

'Elke schuit heeft tegenwoordig een dekkraan. Daarmee zet de kapitein zijn auto op de wal en weer terug. Maar je kunt hem ook de andere kant op laten zwaaien!'

Manzo hield hem een foto voor.

'Heeft u deze wagen gezien die avond?'

'Nee, ik hoor ze wel maar ik let er niet meer op', zei de havenmeester. 'Ik had late dienst, tot elf uur. 's Avonds rijden hier geregeld auto's over de kade. Stelletjes die gaan vrijen. Die smeerpeuken laten van alles achter. Ik heb vaak genoeg met de gemeente gebeld. En de politie komt natuurlijk niet.'

'Welk schip lag er in de buurt van de vindplaats?' vroeg Heleen.

'Dat moet ik opzoeken.'

De havenmeester sloeg een ordner open.

'Dat moet de Ramba 8 geweest zijn', zei hij na een tijdje. 'Een tanker van 480 ton. Is de ochtend daarop vertrokken, vanwege die brandweerdemonstratie.'

'Waar ligt die boot nu?'

De havenmeester maakte een weids gebaar.

'Ergens tussen Basel en Rotterdam.'

Manzo en Heleen keken elkaar vertwijfeld aan.

'Ik moet er nu echt vandoor', zei de havenmeester.

Ze liepen terug naar hun auto.

'De Ramba 8?' vroeg Manzo. 'Sinds wanneer hebben schepen geen vrouwennamen meer? Het lijken wel koeien.'

Ze stonden stil bij een vrachtschip. Heleen wees naar de dekkraan.

'Dat verklaart de roestvlekken op de wielkasten', zei ze.

# 18 De medicijnvrouw

*'En dat meisje deed iets bij die man...'*

'Volgens de technische recherche', zei Heleen, 'was de handrem aangetrokken. Dat lijkt me wel handig als je een wagen gaat takelen.'

'Misschien is die auto in de buurt gezien', zei Manzo. 'En als Fatima en Bosselaar zijn opgevallen, heeft iemand dat misschien gemeld. Maar bij welke instantie?'

'De gemeente?' opperde Heleen.

'Of bij mijn collega's hier', zei Manzo. 'En die weten nog niet dat ik met vakantie ben gestuurd.'

Hij toetste een nummer in.

Beet, gebaarde hij na een paar seconden.

'Ze zijn in de Dijkstraat gesignaleerd, een doodlopend straatje. Er is een melding van een bewoner die om de hoek woont.'

In de Niemijerstraat was het doodstil. De hoge gevels van de negentiende-eeuwse huizen sloten de avondzon buiten. Een sombere sfeer, vond Heleen. De oude man die de deur opendeed, droeg een kamerjas. Hij keek hen wantrouwend aan, alsof hij met Jehova's getuigen van doen had. Uit de gang kwam de geur van draadjesvlees. Ergens in een kamer blafte een hond.

Manzo maakte zich bekend.

'U heeft kort geleden melding gemaakt van een grijze Volkswagen, zo'n SUV...' Hij noemde het kenteken. 'U had gesignaleerd dat de inzittenden...'

De man riep over zijn schouder: 'Hannie, wanneer heb ik de politie gebeld over die sekstoeristen?'

'Begin van de maand!' riep een hoge vrouwenstem terug.

'Zo. U hoort het. Gaan ze nu dan eindelijk wat aan de verlichting doen daar?' vroeg de man.

'Misschien', zei Manzo. 'Die twee komen in elk geval niet meer terug.'

Hork, dacht Heleen.

Manzo vervolgde: 'Kunt u zich nog herinneren wat u die avond heeft gezien?'

'De auto stond daar', zei de man.

Hij wees naar de Dijkstraat.

'Ik liet die avond de hond uit. Het was al laat. Veel verlichting is hier niet. Maar goed, ik loop daar over het trottoir en zie twee mensen in die auto zitten.'

Hij haperde even en keek naar Heleen.

'Gaat u door', zei Manzo.

'Ze waren even oud als u en de jongedame hier. En dat meisje deed iets bij die man... Toen heb ik dat nummer genoteerd.'

'Kunt u ze beschrijven?' vroeg Manzo.

'Tja, hij was ouder dan het meisje. Maar het was donker...

Zij had in ieder geval lichtblond haar.'

Manzo haalde foto's van Bosselaar en Fatima voor de dag.

De man zette zijn bril op het puntje van zijn neus.

'Ja, dat kunnen ze heel goed zijn', zei hij.

Manzo bedankte hem, maar de man wilde nog iets kwijt.

'Ik ben helemaal niet zo'n fatsoensrakker', zei hij. 'Maar voor je het weet heb je hier een seksontmoetingsplaats. En het is altijd een rustige buurt geweest. Ik zeg laatst nog tegen Hannie dat we van dat studentenhuis aan de overkant nooit last hebben. Buitenlanders, maar kéúrige mensen. Je ziet of hoort ze nauwelijks. Eentje is nog op die twee viezeriken af gestapt. Toen ben ik maar doorgelopen. Even later reden ze weg.'

Heleen mengde zich in het gesprek.

'Waar is dat huis?'

'Daar. Maar ze zijn een paar dagen geleden vertrokken.'

'Vragen we daar verder', zei Manzo. 'Bedankt.'

De man staarde hen na.

Er werd niet opengedaan. Voor de ramen ontbraken gordijnen.

'We gaan achterom', zei Manzo.

Het tuinhek hing half in de hengsels. In de tuin lag een grote berg afval: Arabische kranten, kapot meubilair en etensresten. Manzo schoof de troep met zijn voet uit elkaar. Daarna probeerde hij of de achterdeur open was.

'Op slot', constateerde hij.

Heleen morrelde aan een raam.

'Hier zit beweging in', zei ze.

Manzo zette kracht onder het vermolmde raam en schoof het omhoog. Daarna klom hij over het kozijn naar binnen. Heleen volgde. Ze bleef met haar jeans haken achter een spijker en ze viel half tegen Manzo aan. Hij rook haar parfum, hetzelfde als tijdens het galabal.

'Sorry', mompelde ze en ze bukte zich om haar slipper, die op de grond was gevallen, weer aan te trekken.

Het huis was verlaten. Op de slaapkamers stonden nog wel stapelbedden. Manzo telde twaalf slaapplaatsen. Aan de muur in de keuken hing een grote kaart van Nederland. Arnhem, Nijmegen en Zevenaar waren groen omcirkeld. Manzo deed de koelkast open. Bovenin lag een halfleeg flesje Extran. In de deur stond een aangebroken pak yoghurt.

'Houdbaar tot vandaag, ze zijn net vertrokken', zei Manzo.

Heleen pakte een papiertje van de vloer.

'Heeft dit iets te maken met Bosselaar en Fatima?' vroeg ze en ze hield een Post-it voor zijn neus.

Daarop stond het kenteken van Manzo's BMW.

'Alles heeft met alles te maken', zei Manzo.

'Met... nou, pakweg die militair in Tiel? Of de familie van Arash?'

Manzo schudde slechts zijn hoofd en ook op de terugweg deed hij er het zwijgen toe, hoe ze ook aandrong.

Terug in zijn flat vroeg Heleen zich nog altijd af wat die radiostilte te betekenen had. Ze schopte haar slippers uit en plofte in een stoel op het balkon. Binnen ging de telefoon. Ze hoorde Manzo's stem een halve octaaf stijgen.

'Ja? Wanneer...? Goed... Ja, weet ik, klopt, ze is huisarts... Nou, bedankt.'

Manzo kwam naast haar zitten.

'Mevrouw Bosselaar', zei hij, 'is aangehouden op Schiphol.'

'Schiphol? Was ze op vlucht?'

'Ze wilde op vakantie naar Paraguay', vervolgde hij. 'Ze heeft gelogen. Ze heeft altijd beweerd dat ze de avond dat haar man vermoord is op de Wageningse Universiteit was. Voor een nascholingscursus. Op de presentielijst staat haar handtekening, maar de cursusleider beweert dat ze zich in de pauze ziek heeft gemeld.'

'Ja, én?' vroeg Heleen.

'We hebben het vanmiddag nagevraagd bij haar zoon Jesse. Volgens hem is ze die avond tegen twaalven thuisgekomen. Er ontbreken nu drie uren waarvoor ze geen verklaring heeft. En, heel opvallend, op haar cv staat dat ze haar vwo-diploma heeft gehaald op Stella Maris. Dat is een internaat voor schipperskinderen.'

'Dus ze weet hoe ze een dekkraan kan bedienen!'

'En dan blijkt ook nog eens dat ze als huisarts haar man een slaapmiddel heeft voorgeschreven', voegde Manzo eraan toe. 'Pikant detail: ze heeft het zelf voor hem opgehaald. Oxazepam.'

'Weer een geval van eerwraak', zei Heleen.

'Wraak', zei Manzo.

'Met Paraguay is er zeker geen uitleveringsverdrag?'

Manzo hief zijn handen in onwetendheid en liep naar binnen. Hij haalde twee glazen uit de kast en ontkurkte een fles.

'Hongaarse Tokaji Aszú', zei hij. 'Wijn van de edele rotting. Een mooi aperitief.'

Hij proostte: 'Op de vangst!'

'Gefeliciteerd!' zei Heleen.

Ze glimlachte naar hem.

'Wie is die vrouw op de foto achter die stapel boeken op je bureau?'

'Charlotte.'

Zijn stem klonk plotseling heel zacht.

'Ze is vijf jaar geleden overleden. Kanker. Het was heel snel afgelopen.'

'En sinds die tijd ben je alleen?'

'Ze is altijd in de buurt', zei Manzo. 'Maar in je hoofd ben je alleen.'

Heleen zou wel vaker in zijn gedachten willen kijken.

'Denk je dat ik nu gewoon thuis kan slapen?' vroeg ze.

# 19 Vastgelopen

*Of waren het groot uitgevallen hoofddoekjes?*

Nadat Manzo haar de volgende ochtend had afgezet, voelde ze zich onwennig in haar appartement. Alsof ze in het huis van een vreemde kwam. Manzo was meteen doorgereden. Waarheen, zei hij niet. Hij had haar wel weer even gezoend. Op de wang dit keer.

Gisteravond had de kus langer geduurd.

Ze hadden gegeten bij Klein Hartenstein, nog net voordat de keuken sloot. Af en toe bracht het personeel tijdens het bedienen liederen uit musicals ten gehore. Speciaal voor hen hadden twee serveersters het duet van Tony en Maria gezongen uit *West Side Story*.

'Wordt het toch nog romantisch', zei hij.

Aan zijn ogen zag ze dat hij het meende. Daarna had Manzo haar meer verteld over Charlotte.

Op de parkeerplaats pakte ze zijn hand en draaide haar hoofd naar hem toe.

Ze kusten elkaar. Lang.

Hij had zich aarzelend losgemaakt en haar een beetje hulpeloos aangekeken.

'Dat was onhandig', zei hij.

Ze had het beaamd, maar eigenlijk kon het haar niet onhandig genoeg zijn.

Die nacht was ze bij hem blijven slapen. In zijn appartement, welteverstaan, maar hij had voor de bank gekozen. Ze had nog aangeboden dat hij naast haar kon liggen, in zijn eigen bed – 'niet bang zijn Manzo, er gebeurt niets...' – maar hij had haar aanbod afgewezen. 's Ochtends had hij haar verrast met een ontbijt op bed.

Gesproken over wat er gebeurd was, hadden ze verder niet. Stilzwijgend leek hij aan te geven dat ze er niet over moest beginnen. Manzo was een ijsberg die langzaam ontdooide. En dan bleef het grootste deel nog onder water ook.

Ze liet zich in haar zitzak vallen en begon langs de tv-zenders te zappen.

Nederland had een wedstrijd verloren, begreep ze. De hele dag waren er herhalingen van de belangrijkste momenten. Alsof het om een nationale ramp ging. Waren dat nou échte mannen? Ze zag er niet één tussen die haar aansprak. Bij het minste of geringste buitelden ze ondersteboven. En Manzo, de mannenman? Was hij een voetbalgek? Ze hoopte van niet.

Abrupt stond ze op. Aan het werk, nu! Ze was al te veel tijd kwijtgeraakt aan Manzo en het najagen van de potentiële moordenaar van Bosselaar en Fatima. Wat was de ontknoping simpel geweest! Gewoon een wanhoopsdaad van een vrouw die het zat was om bedrogen te worden.

Ze ging achter haar bureau zitten. Jammer dat ze niet met

Fatima over Jeltje Bosselaar had kunnen praten. Hadden die twee elkaar ontmoet? Fatima was tamelijk openhartig over Bosselaar, maar de naam van zijn vrouw had ze nooit genoemd. Nou ja, dat gold ook voor die bekering, of wat daarvoor moest doorgaan.

Heleen startte haar computer op. De deadline voor haar scriptie kwam steeds dichterbij. Ze had op Fatima's informatie gerekend. Een paar belangrijke hoofdstukken moest ze nu zelf volschrijven. Ze opende de directory met onderzoeksbronnen. Rapporten van de AIVD en de KLPD. Interviews met spraakmakende figuren uit de juridische wereld. Een paar recente vonnissen met een onderbouwing van de betrokken rechters. Het stelde allemaal maar weinig voor. Wat had Fatima haar willen doorspelen? En waarom gebruikte Fatima die informatie niet voor haar eigen scriptie?

Ze haalde Fatima's agenda uit haar lade en sloeg hem open op de dag van haar dood. 'Afspr B', stond er. En: 'naar WGN!' Dat moest Wageningen zijn. Fatima verwachtte er zeker heel wat van. Nu stond dat uitroepteken er wel erg wrang.

Ze bladerde terug. Misschien had ze ergens nog zo'n belangrijke afspraak staan. Ze stuitte op een paar afkortingen die ze herkende van de Bosselaarlijst. Het klopte dus allemaal, Fatima en Bosselaar hadden heel Gelderland afgeschuimd. En overal had ze er van die grappige tekeningetjes bij gezet. Hier, bij Winterswijk, een mannetje dat aan het hoofd marcheerde van een colonne soldaten. Fatima had ze een laken over hun hoofd meegegeven zodat het spoken leken. Of waren het groot uitgevallen hoofddoekjes?

Bij Ewijk stond een hele rij huisjes. Vakantiewoningen, zo te zien aan de hangmatten die Fatima erbij had getekend. Op de achtergrond een paar bergjes. Dat moesten de Groene Heuvels zijn, een recreatiegebied bij een enorme afgraving. Wilden Fatima en Bosselaar er een weekendje tussenuit op

8 april? Toen was het toch nog veel te koud? Waar waren ze dan mee bezig geweest? Lagen ze alleen maar te vrijen? Daarvoor was Fatima veel te ambitieus. En Bosselaar ook. En vrijen verveelde natuurlijk een keer. Of was dat een voorwendsel om hun eigen geheime onderzoek te doen? Volgens zijn assistenten zou Bosselaar met een spectaculaire publicatie komen.

Heleen schoot vol bij het zien van haar naam. Hun laatste afspraak. Fatima had haar vleugeltjes en een halo gegeven, alsof ze een engel was.

Ze hadden die avond over Heleens scriptie gebrainstormd tijdens een etentje bij Ankara. Daar had Fatima het idee geopperd voor een onderzoeksstage bij een politiedienst. Ze zou het wel aan Bosselaar vragen, beloofde ze. Daarna waren ze uitgegaan in The MatriXX en hadden ze de hele nacht gedanst. Bij het afscheid had Fatima Heleen een kus gegeven. 'Jij krijgt van mij wat je nodig hebt', waren haar laatste woorden.

Heleen had haar in de dagen daarna een paar keer gebeld, maar ze kreeg steeds Fatima's antwoordapparaat. Wel kwam onverwacht snel de toestemming binnen voor die stage bij Manzo.

Wat stond er dan verder nog op Fatima's programma? Ze sloeg de pagina's om naar vandaag. Ze bekeek de schets: een stoombootje onder een brug, met enorme rookwolken uit de schoorsteen. Er stond een kringetje om het cijfer 12 en daarachter: NMG. Nijmegen, vast en zeker.

Heleen wilde verder bladeren, maar haar blik bleef rusten op de naam van het bootje. R8. De R8... zou dat de Ramba 8 kunnen zijn? Dan had Fatima een afspraak om 12 uur op of bij de Ramba 8...

Dit moest Fatima's manier zijn om haar informatie door te spelen. Er stond iets te gebeuren. Vandaag!

Ze greep de telefoon om Manzo te bellen.

'Twee zielen, één gedachte', antwoordde hij voor ze iets kon zeggen. 'Jij eerst.'

'Fatima heeft in haar agenda de Ramba 8 getekend. Met enorme rookwolken erboven. In Nijmegen. Voor twaalf uur vanmiddag. Dat moet iets betekenen.'

'Bel je zo terug.' Abrupt verbrak hij de verbinding. Enkele minuten later ging haar telefoon weer over.

'Ik heb de meldingen van de rivierpolitie gecheckt. Je hebt gelijk. Er ligt een schip aan het eind van de Waalbocht...'

'Tegen de pijlers van de spoorbrug, hè?' antwoordde Heleen. 'En het is de Ramba 8, geladen met 480 ton benzine.'

'Goed gededuceerd', zei Manzo. 'We krijgen geen enkele reactie van mensen aan boord. Er is groot alarm gegeven. Ik kom onmiddellijk naar Nijmegen.'

'Ik wil mee', zei Heleen. 'Haal me maar op.'

Manzo wilde een opmerking maken over wie aan wie orders kon geven, maar Heleen legde hem het zwijgen op met een vleierig 'Please...'

'Oké,' zei hij, 'ik sta over vijftien minuten voor je deur.'

'Hé, waarom wilde jij mij eigenlijk bellen?' vroeg Heleen.

'Ik ben al weg', riep Manzo en hij hing op.

# 20 De aanslag

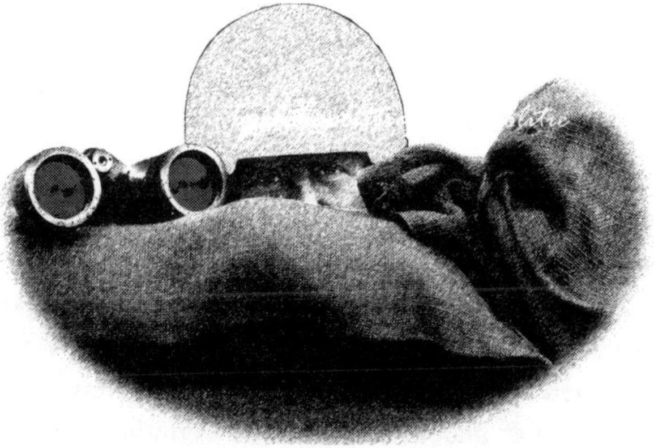

*'Krijgen we clearance for action?'*

Manzo had Heleen thuis opgehaald en meegenomen naar het Valkhof. Daar was als toeristische attractie een tijdelijke donjon neergezet, een constructie van steigerbuizen omkleed met lappen. Beneden bij de lift had hij Fatima's agenda overhandigd aan een collega met de opdracht deze te laten bestuderen. Heleen wilde Manzo volgen, maar hij vroeg de agent even op 'mevrouw Akkerslag' te letten.

Eenmaal boven bekeek hij het tafereel in de diepte. Het scheepvaartverkeer op de Waal was geblokkeerd. Beneden zich zag hij alleen schepen van de hulpdiensten. Een politieboot voer met loeiende sirenes naar het haventje aan de voet van de Waalbrug. Achter hem veegde de ME het plein voor het museum schoon. Op de snelweg naar Arnhem strekte de file zich uit zo ver hij kon kijken. Aan de overkant van de rivier zag hij ook twee treinen stilstaan. Vlak bij een van de pijlers van de spoorbrug lag de Ramba 8.

'Hé, Manzo', zei een stem achter hem. 'Wat is hier aan de hand?'

Het was Marianne Ooster, de politieverslaggeefster van *De Gelderlander.*

'Hoe komt zij boven?' vroeg Manzo streng aan een jonge agent.

'Sorry', zei hij tegen haar. En tegen de agent: 'Haal haar hier weg.'

'Je reinste censuur!' riep ze.

Manzo haalde zijn schouders op. Hij pakte een kijker en tuurde naar het schip. In de stuurhut en op het dek was geen mens te zien. Collega Appelaar kwam naast hem staan.

'Je weet wat er gebeurt als 480 ton benzine ontploft?'

Het zou te vergelijken zijn met het Amerikaanse vergissingsbombardement van februari 1944, dacht Manzo. Hij hoorde via de mobilofoon dat een deel van het publiek gewoon op de terrassen van de Waalkade bleef zitten.

'Ze moeten daar weg', commandeerde hij.

'We hebben onvoldoende ME', klonk het aan de andere kant. 'Ze zitten vast in de binnenstad.'

Manzo vloekte. Onder aan de heuvel zag hij een pantservoertuig van de Dienst Speciale Interventies. Hij denderde de trappen af. Beneden trof hij Heleen in een hevige discussie met de agent.

'Breng haar naar het crisiscentrum', sommeerde hij.

Hij kwam buiten adem bij het pantservoertuig aan. Nadat hij zich had bekendgemaakt, zei de voertuigcommandant: 'Spring er maar op.'

Hij zette zijn voet op de *tracks,* hees zich naar boven en ging vlak achter de commandant zitten.

'Rijden!'

Ze stoven over de Waalkade. Bij het eerste terras liet hij halt houden. Hij ging staan en schreeuwde boven het geronk van de motor uit naar het publiek: 'Allemaal wegwezen! Er kan ieder moment een explosie plaatsvinden!'

Hier en daar werd gelachen. Niemand maakte aanstalten. Hij hurkte weer achter het luik.

'Voorwaarts!'

Het voertuig ramde een tafel. Overal sprongen de cafégasten op. Iedereen begon te rennen.

'Door!' schreeuwde Manzo.

Het voertuig reed ratelend over het terras. Bij elk obstakel gierde de motor. Onder de tracks knapte het plastic. Stalen stoelpoten knakten en bierglazen spatten uiteen op het plaveisel. Toen de rupsbanden een bloembak verpletterden, duikelde Manzo bijna van het voertuig. Ter hoogte van de Grotestraat tikte hij de commandant op de schouder.

'Daarheen', wees hij.

Met wilde armgebaren dreef hij de mensen weg van de Waal. Pas toen de kade nagenoeg leeg was, vroeg hij de commandant naar het crisiscentrum in het stadhuis te rijden. Daar kreeg hij een stapel papier in de hand gedrukt.

In de hal stoof Heleen op hem af.

'Waar slaat dit allemaal op?' vroeg ze.

'Er is een analyse gemaakt van Fatima's tekening', zei hij kortaf. 'Het resulta...'

'Nee, ik wil weten wat dit te betekenen heeft', zei Heleen.

De aardige Manzo was helemaal verdwenen.

'Wat "dit"?'

'Je was geschorst en nu heb je opeens de leiding?'

'Ik ben al heel lang bezig met dezelfde groep als Bosselaar en Fatima.'

'Die Knuvelder, van Verbindingen, die was van de AIVD, nietwaar?' zei Heleen.

Manzo knikte.

'Deze operatie loopt al een jaar. Die periode dat Bosselaar en Fatima zoek waren, werkten ze voor mij... Zij hadden ingangen waar wij niet over beschikten.'

'En dat jij mijn mentor bent geworden, is dat ook toeval?'

'Natuurlijk niet', zei Manzo. 'Ik móést weten wat je wist. En daarna wat je wist zonder het te weten. Dít dus.'

Hij tikte op de kopie van Fatima's agenda.

'Fatima heeft jou als doorgeefluik gebruikt.'

'En jij hebt me gewoon besodemieterd', riep Heleen.

'Heb ik je dan gemarteld om me te vertellen wat je wist?' vroeg Manzo.

Hij wachtte haar antwoord niet af maar legde Fatima's tekening voor haar neer.

'Kijk', zei hij. 'Hier staat "12". Volgens onze analisten zou dit twaalf man kunnen betekenen. Die boot, de R8, dat zou inderdaad heel goed de Ramba 8 kunnen zijn.'

'Ik zei het toch!'

'Nu Nederland er bij het WK uit is gevlogen, kan er volgens mijn informanten overál een aanslag op het openbaar vervoer plaatsvinden', zei Manzo. 'Ik spreek je later. Ga maar naar huis.'

Twee militairen kwamen aangerend.

'We zijn er klaar voor', zeiden ze.

'Ik ga mee', zei Manzo.

Buiten sprongen ze op het pantservoertuig en scheurden weg. Naast de spoorbrug, boven op het dak van *De Gelderlander* was observatiepost 2. De drukpersen waren stilgelegd en het gebouw was geëvacueerd. Achter een provisorische wal van zandzakken lagen scherpschutters. Manzo kreeg een helm en werd gebrieft over de laatste ontwikkelingen. Een boot met een speciale eenheid lag klaar in de monding van de haven.

'Wacht op mijn sein', zei Manzo.

Op de Ramba 8 was niemand te zien. Minuten verstreken. Manzo voelde hoe een adertje aan zijn slaap klopte. Hij begon te zweten en trok zijn hoofd tussen zijn schouders alsof hij ieder moment een enorme klap verwachtte. Toch kwam er ook een vreemde kalmte over hem. Hierop had hij gewacht.

'Krijgen we *clearance for action*?' kraakte het uit de mobilofoon.

'Bij dezen', antwoordde Manzo. 'Go!'

Het schip maakte zich los van de kade. Behoedzaam stuurde de schipper naar de Ramba 8. Op het moment dat ze de tanker enterden, hield Manzo zijn adem in. Hij zag toe hoe de manschappen zich razendsnel over het schip verspreidden. Er gingen vijf eindeloos lange minuten voorbij.

'Niemand aanwezig!' kraakte ten slotte de stem van de commandant door de microfoon.

'Dóórzoeken', beval Manzo.

Een halfuur later moest hij aan het crisiscentrum melden dat er niets verdachts was aangetroffen. Het schip was totaal verlaten. De Nijmeegse hoofdcommissaris verscheen op het dak.

'Gorzak, we hebben de schipper en twee bemanningsleden laveloos aangetroffen in de stad. Ze zaten hun voetbalverdriet te verdrinken in De Karseboom. En ze beweren dat ze een boordwacht hebben achtergelaten.'

Manzo keek op.

'Een boordwacht?' vroeg hij.

'Een boordwacht ja. Een invaller die door de rederij was gestuurd.'

# 21 Uitgespeeld

*De tekening met het stoombootje bij de brug was gemarkeerd.*

'Een boordwacht', herhaalde Manzo. 'En waar is die persoon nu?'

De blik van de hoofdcommissaris verschoof naar de scherpschutters die nog steeds in positie lagen.

'We hebben de reder gebeld. Er is nooit een boordwacht gestuurd. Zou ook veel te duur zijn. We gaan ervan uit dat de bemanning maar wat heeft verzonnen om het op een zuipen te kunnen zetten. Kennelijk is de boot losgeraakt van de kabels. Dat gebeurt wel eens.'

Hij wees naar de journalisten van *De Gelderlander* die beneden voor de deur dromden.

'Wat dacht je ervan om de evacuatie te cancelen? En als die boot daar weg is, kunnen die treinen ook weer rijden, denk je niet?'

Manzo keek naar beneden. Een sleepboot had al staaldraden om de bolders van de Ramba 8 gelegd.

'Ik heb een persconferentie belegd', zei de hoofdcommissaris. 'Over een uur in de *press room* op het stadhuis.'

Het vooruitzicht leek hem niet vrolijk te stemmen.

'Daar hoef jij niet bij te zijn, maar geef óns in ieder geval wat munitie om terug te schieten', liet hij erop volgen. 'Ga je mee?'

Het klonk alsof hij met een zieke hond ging wandelen.

In het crisiscentrum heerste een gelaten stemming. De crisisleiding, bestaande uit de burgemeesters van Arnhem en Nijmegen, de regionale politietop en een aantal experts van de AIVD en KLPD, zat al aan de grote vergadertafel. Manzo bespeurde enige opluchting over de goede afloop, maar uit de ontwijkende blikken waarmee hij werd begroet, sprak ook ontgoocheling. Alleen met een ijzersterk verhaal zou hij zijn huid kunnen redden, besefte hij.

De burgemeester van Nijmegen wees op de vrije plek naast haar. Ze tikte tegen de microfoon.

'We zijn natuurlijk dolblij', begon ze, 'dat er, afgezien van de problemen met de openbare orde, geen ernstige incidenten hebben plaatsgevonden...'

Ze keek de kring rond totdat ze ergens een instemmend knikje signaleerde. Het kwam van haar eigen gemeentesecretaris.

'Bij de inzet van zoveel mensen, materieel en middelen', zei ze, 'zullen wel vraagtekens worden geplaatst.'

Manzo constateerde dat alle ogen nu op hem werden gericht.

'Manzo Gorzak heeft een jaar lang strategisch onderzoek verricht naar groeperingen die de staat willen ondermijnen', ging ze verder. 'Misschien kun je opening van zaken geven over de vraag waarom jij vond dat het zo moest, vandaag?'

Manzo schraapte zijn keel.

'Voor dit soort situaties beschikken we zelden over harde aanwijzingen', zei hij. 'We krijgen vaak zachte informatie binnen en op basis daarvan maken we een kansberekening.'

'Dan kunnen we beter honderd meter verderop gaan zitten', grinnikte Appelaar. 'In het casino!'

De burgemeester legde hem met één blik het zwijgen op.

'Er zal toch wel een concrete aanleiding zijn om uitgerekend nu in actie te komen?' drong ze aan.

Manzo sloeg een map open met kopieën van Fatima's agenda. De tekening met het stoombootje bij de brug was gemarkeerd met een rood plakkertje. *Alert level red,* betekende dat.

'Er is een analyse gemaakt van de agenda van een vrouw die onlangs is vermoord', zei hij. 'Het gaat om ene Fatima Ansloo, die contacten had in radicale moslimkringen...'

Hij legde in het kort uit wat er in de zaak Bosselaar en Fatima speelde, maar verzweeg dat hij hen in feite runde. Met gevoel voor dramatiek beschreef hij hoe ze uit de Wageningse haven waren gehaald.

'Voor díé moord zit de vrouw van Bosselaar toch vast?' zei Appelaar verbaasd. 'Ik heb haar zelf ingerekend. Een geval van jaloezie.'

Er klonk geroezemoes. De burgemeester boog zich naar Manzo en bekeek de tekening.

'Mag ik?' vroeg ze.

Manzo knikte terwijl hij Appelaar waarschuwend aankeek. Tegelijkertijd realiseerde hij zich dat hij hem had moeten inlichten over het onderzoek dat Bosselaar en Fatima hadden uitgevoerd. De burgemeester legde het vel papier onder een overheadprojector en knipte de lamp aan. Fatima's tekening was nu tien keer vergroot op de muur te zien. Het zag er opeens erg kinderlijk uit.

'Ik hoop dat deze... eh situatieschets van die would-be moslima voldoende is voor de persconferentie', zei de burgemeester.

'Dit is strikt geheim', zei Manzo nijdig en hij griste het vel terug.

Even later zag Manzo in een zijkamer van het stadhuis op de tv hoe de crisistop zich door een spervuur van vragen worstelde.

Waren de veiligheidsmaatregelen zo langzamerhand niet erger dan de kwaal? En was er eigenlijk wel sprake van een serieuze dreiging? Hoe dacht men dat deze overspannen acties zouden overkomen bij allochtone organisaties? Deed de crisistop niet precies wat de eventuele aanslagplegers wilden: een wig drijven tussen verschillende bevolkingsgroepen door angst te creëren?

De presentator van de nieuwsrubriek voorspelde dat enkele ministers onder vuur zouden komen in de Tweede Kamer. Minstens drie oppositiepartijen hadden een interpellatiedebat aangevraagd.

Manzo bekeek het allemaal hoofdschuddend. Hij ging alleen overeind zitten toen hij Heleen herkende. Ze stond achter de woordvoerder van de crisistop en had haar mobieltje aan haar oor. Manzo vroeg zich af of ze hem probeerde te bellen.

Dat was niet het geval. Op dat moment kreeg ze eindelijk contact met de man die ze aan de lijn had gehad in Manzo's appartement. Het werd haar wel duidelijk dat Manzo als zondebok uit de strijd zou komen. Hoewel ze het nog steeds een uitgesproken rotstreek vond dat hij haar onder valse voorwendselen had benaderd, voelde ze zich schuldig. Zíj had hem toch op het idee gebracht om meer achter de tekeningetjes te zoeken dan een onschuldig tijdverdrijf. Haar eerste telefoontjes naar de AIVD waren op niets uitgelopen. Er werd domweg ontkend dat er ene Knuvelder werkte. Pas toen ze dreigde de pers in te lichten, werd ze doorverbonden.

'Bent u de werkster van Gorzak?' vroeg de man.

'Ja, díé', zei ze. 'Ik wil met iemand praten die Manzo kan helpen. Hij heeft het niet verdiend om zo afgebrand te worden. Spreek ik met meneer Knuvelder?'

'Zeg het maar', zei de man.

'Ik heb met Manzo samengewerkt. Hij heeft alle gegevens van mij gekregen. Dus het is ook mijn schuld dat het fout is gegaan.'

'Ja', zei de man. 'Dat weten we.'

'Toch ben ik er zeker van dat Fatima geen onzin verkocht.'

De man leek erover na te denken.

'Manzo heeft een zwaar jaar achter de rug', zei hij ten slotte. 'Hij mag een paar weken uitrusten. Zoek alleen contact in geval van nood.'

Voordat ze had kunnen vragen wat hij daarmee bedoelde, hing hij op.

Het klonk in ieder geval zo ernstig dat ze een paar dagen voorbij liet gaan voordat ze Manzo belde. In die tijd had ze Fatima's agenda nog eens uitvoerig bestudeerd.

'Zullen we ergens afspreken?' stelde ze voor. 'Morgenochtend. Op het terras tegenover mij. Daar heb je nu wel tijd voor...'

Ze had wel recht op een sneer, vond ze.

'Dit keer ben ik echt op non-actief gesteld', gaf Manzo toe.

'Geloof je nog in die tekeningetjes?' vroeg ze.

'Ja', zei Manzo.

'Dan gaan we daarna naar een vakantiepark.'

# 22 Vakantierit

*Buiten klonk een snerpende claxon.*

'Mevrouw Bosselaar is vrijgelaten', zei Manzo toen hij op het terras van café Trianon arriveerde.

'De verklaring van haar stiefzoon klopte voor geen meter.'

'En waar zijn die zoekgeraakte drie uren gebleven?' vroeg Heleen. Ze had haar gezicht naar de zon gekeerd. Een beetje kleur kon ze best gebruiken. Ze stak erg bleekjes af naast Manzo.

'Volgens een vriendje was Jesse die avond zo stoned als een aap', zei Manzo.

'Mevrouw Bosselaar kwam vroeg thuis, betrapte hem en heeft zijn dopevoorraad door de plee gespoeld. Jesse schijnt te hebben verklapt waar dat vriendje een wietplantage had. Mevrouw Bosselaar dreigde hem aan te geven als zijnde de dealer. Waarschijnlijk heeft dat vriendje Jesse onder druk geze...'

Er scheurde een motor langs. Heleen gooide haar stoel naar achteren.

'Dat is Arash!' gilde ze.

Ook Manzo sprong op, maar de motor verdween om de hoek. Hij plofte terug in zijn stoel.

'Hij volgt mij!' riep ze. 'Of mij', zei Manzo gelaten. 'Laat maar gaan. Ik kan nu echt he-le-maal niets doen. Ons ongeautoriseerde bezoek aan mevrouw Bosselaar wordt meegenomen in het onderzoek tegen mij. Ze heeft vrienden op hoge posities. Met die actie op de Ramba 8 erbij ben ik dubbel genaaid. Ik kan niet eens meer bij mijn eigen aantekeningen.'

Manzo zag er slecht uit. Zelfs de zwarte lok hing er troosteloos bij. Heleen kneep hem even in zijn schouder.

'Hier', zei ze. 'Je hebt ooit gezegd dat je een kopie wilde van Fatima's agenda. Gelukkig heb ik hem gekopieerd voordat jij hem van me afpikte.'

Ze legde de papieren op het tafeltje en keek om zich heen of niemand haar kon horen.

'Geloof jij nog altijd in een aanslag?'

Hij knikte.

'Het wordt tijd dat je me daar alles over vertelt.'

Manzo haalde diep adem.

'Twaalf man', zei hij. 'Het gaat waarschijnlijk om een groep van twaalf man. Een geheime cel die voortdurend van plaats verwisselt. Bosselaar was ze op het spoor...'

'Maar dat getal 12 bij het stoombootje in Fatima's agenda sloeg niet op die groep', wierp Heleen tegen. 'Er was geen kip.'

'Toch stapelen de aanwijzingen zich op', zei Manzo. 'Misschien waren die twaalf getipt. Maar in de gesprekken die ik met Bosselaar heb gevoerd, had hij het regelmatig over een groep van twaalf. In de lasergamehal was sprake van twaalf man. En in dat studentenhuis in Wageningen waren twaalf slaapplaatsen. En altijd opvallend dicht bij verkeersknooppunten.'

Heleen zocht in de papieren.

'Ik heb ze nog eens doorgenomen. Hier, bij Ewijk, staan twee huisjes getekend. En een datum: 8 april. In elk huisje staat iets gekrabbeld. Het zou best een 6 kunnen zijn. En tweemaal zes... Volgens mij is dit het vakantiepark De Groene Heuvels.'

Ze keek Manzo afwachtend aan. 'Ik ben toch al met vakantie', antwoordde hij schouderophalend.

Onderweg in de auto vertelde Heleen over haar jeugdvakanties. Vroeger moest ze altijd mee met haar ouders. En altijd weer naar de Dordogne. In de te kleine tent kon ze haar ouders horen vrijen.

'Vreselijk. Dat is het laatste wat je als kind wilt horen', zei ze.

Manzo humde.

'Mama plaagde mij altijd over een mogelijke vakantieliefde. Wees ze naar jongens en vroeg ze: "Is dat niks voor je?" Was het weer zo'n onhandige jonge slungel.'

'De íéts oudere man heeft zo zijn voordelen', beaamde Manzo. Zijn humeur leek wat op te fleuren.

Bij De Groene Heuvels parkeerde hij zijn auto voor de receptie. De mevrouw achter de balie gaf hun eerst een folder.

'Dinerarrangement, opgemaakte bedden € 3,00, lakenpakket € 3,20, het kan allemaal...' begon ze.

Manzo schoof het papier terzijde.

'Is er op 8 april een groep van twaalf man gearriveerd?' vroeg hij.

De receptioniste checkte haar computer.

'Niemand', zei ze.

'En daarvóór?'

'Wacht eens', zei ze. 'Twaalf man? Ik heb hier wel twee huisjes voor zes personen elk. Tegelijk geboekt voor de maanden april, mei en juni.'

De huisjes bleken naast elkaar te liggen, helemaal achteraan op het park, tegen de velden.

'Zou u de persoon herkennen die de sleutel is komen ophalen?'

'Een buitenlander', zei de receptioniste. 'Dat weet ik nog. Maar hoe hij eruitzag... Bruin, krullend zwart haar, ongeveer vijfentwintig jaar oud.'

Ze was bereid hun de sleutels mee te geven. Ze voegde eraan toe dat ze de huurders nooit had gezien.

'Ze hebben in ieder geval niet in het restaurant gegeten', zei ze.

Manzo en Heleen liepen naar de vakantiewoningen.

'Wat een buurtje', zei Heleen. 'Neo-nieuwbouw in neogroen.'

'Vakantie, maar toch net als thuis. Lekker veilig', zei Manzo.

Het eerste huisje was totaal verlaten. Geen spoor van bewoning. Buiten reed een man langs op een luidruchtige grasmaaier. Manzo hield hem aan. De man zette zijn motor af.

'Ik heb er de laatste tijd wel een of andere knaap gezien', zei hij toen Manzo naar de bewoners van de twee huisjes vroeg. 'Maar ja, het is hier vrijheid blijheid. Soms zitten ze hier maanden achtereen, dan weer komen ze alleen om de zaak even te luchten.'

In de tweede vakantiewoning hing een muffe lucht, hoewel de keuken en de huiskamer er smetteloos uitzagen.

Voorzichtig liep Manzo de trap op. Heleen volgde hem. Manzo gebaarde haar achter hem te blijven. Boven opende hij voorzichtig een deur.

Heleen keek over zijn schouder. Haar adem stokte. Ze keek recht in haar eigen gezicht, een foto op ware grootte. De wanden van de kamer waren volledig bedekt met teksten in een vreemde taal.

'Arabisch', oordeelde Manzo.

Ook hij had zijn eigen beeltenis ontdekt. Tussen de teksten aan de muur waren foto's van hem en Heleen geplakt, en ook van Bosselaar en Fatima.

'Wat heeft dit te betekenen?' vroeg Heleen.

Ze keek uit het raam. Van hier had je uitzicht op de snelweg.

'Een kwartiermaker', zei Manzo.

'Arash?' vroeg Heleen.

'Waarschijnlijk. Het enige probleem is dat niemand me zal geloven. Niet meer, na de gebeurtenissen in Nijmegen.'

Hij liet zijn ogen over de wanden gaan. Wat zouden die teksten betekenen?

Hij keek nog eens goed en hij voelde zijn hartslag in zijn slapen bonken.

Als Bosselaar en Fatima hier hingen, die nu waren vermoord, en als hij en Heleen ernaast...

Buiten klonk een snerpende claxon. Manzo deed het raam open. Beneden stond de tuinman. Hij zette zijn machine in zijn vrij.

'Die knaap over wie ik het had, stond net bij de receptie', riep hij boven het geruttel uit. 'Om af te rekenen. Volgens mij komt hij niet meer terug.'

Manzo stak zijn duim omhoog en rende de trap af. Heleen trok haar schoenen uit, nam ze in haar hand en volgde hem. Buiten raakte ze snel achterop. Toen ze bij de uitgang aankwam, stond Manzo er al. Woedend sloeg hij op het dak van zijn auto.

'Hij heeft ons gezien en is er definitief vandoor', zei hij en hij wees op de doorgestoken banden.

'Maar we hebben de Bosselaarlijst nog', zei Heleen.

# 23 Een militair uitje

*Hij vermeed naar de spoorbrug te kijken.*

'Dat boordwachtverhaal', zei Heleen nadat Manzo de garage om een vervangauto had gebeld. 'Heb je daar nog iets van gehoord?'

'De waterpolitie heeft in de uiterwaarden bij Lent een opblaasbare boot aangetroffen.'

'Hoe weet je dat?'

'Contacten.'

'Frances?' vroeg Heleen.

'Warm', zei Manzo. 'En ik ben zelf bij de Ramba 8 geweest. Die ligt in de haven van Nijmegen. De kapitein is ingestort: er komt geen zinnig woord uit. Een notoire alcoholist. De stuurman heeft verklaard dat hij halverwege de ochtend op het voordek kwam vertellen dat de bemanning de stad in kon gaan. Service van de rederij: een boordwacht. Dat was ook al het geval in Wageningen, zei hij, dus ze hadden geen argwaan. Maar de stuurman heeft die boordwacht nooit gezien. En de matroos ook niet.'

Een uur later arriveerde de vervangauto.

'Jij regelt dit wel, hè?' zei Manzo tegen de jongen van de garage en hij wees op de kapotgestoken banden van zijn auto.

Manzo hield de deur van de nieuwe auto voor Heleen open en stapte daarna zelf in.

'Het eerste adres was in Groesbeek?' vroeg Heleen.

'Daarna Boxmeer, en dan rijden we naar Driel', zei Manzo.

'Ik had ooit een zomervriendje in Groesbeek', zei Heleen. 'Het is een vakantiedorp. Ze praten er een onverstaanbaar dialect en daar krijgen ze subsidie voor. Cultureel erfgoed.'

'Fijn, rustig plaatsje dus', zei Manzo. 'Hoe kwam je aan dat vriendje?'

'Ja, hoe kom je aan vriendjes?' antwoordde ze. 'Je bent zestien en je gaat voor het eerst met je vriendinnen zonder je ouders naar een camping. Er was een disco en toen...'

'En nu?' onderbrak Manzo haar.

'Ik kampeer daar niet meer', zei Heleen.

Er brak een lachje door op Manzo's gezicht.

'Je bent nu ouder', zei hij. 'Hoe doen ze dat tegenwoordig? Ga je nog steeds naar de disco om...'

'Om wat?' vroeg Heleen. 'Om iemand te versieren? Je praat als een oude lul.'

Ze porde hem in zijn ribbenkast. Manzo liet een verontwaardigde kreet horen.

'Hé, kun je daar niet tegen?'

Ze kneep in zijn zij.

'Voorzichtig, anders knallen we tegen de vangrail.'

'Toon je ware gezicht!' zei ze. 'Zeg waar je op uit bent.'

Manzo zweeg schuldbewust. Per slot had hij wekenlang

via Heleen informatie proberen los te weken.

'Jij doelt op Fatima en Bosselaar?' vroeg hij. 'Ze bleken al contacten te hebben die de dienst niet heeft. Fatima deed zich voor als aanstaande moslim, Bosselaar stuurde haar aan en samen zouden ze er een daverende publicatie van maken.'

'Hoe kwam jij in beeld?'

'Via Bosselaar', antwoordde Manzo. 'Het werd hem te gevaarlijk. Hij vermoedde dat ze op een echt terreurnetwerk waren gestuit. Hij wilde zich indekken en tipte de dienst. Ik haalde ze over om door te gaan.'

'En daar heb je nu spijt van?' vroeg Heleen.

'We wisten lange tijd niet of hij de waarheid sprak. Dat is altijd het probleem met burgerinformanten. Hoe interpreteer je de informatie die ze leveren? Hoe luguber ook, hun dood was het doorslaggevende bewijs dat ze een serieus spoor hadden gevonden. Daarna volgde het bommetje bij de Calamiteiten Staf Rail.'

'Waarom heb je dat allemaal niet eerlijk verteld?!'

'Met eerlijkheid had ik niks bij jou bereikt. Je wist niet eens wát je wist. Als ik druk had uitgeoefend, was je nooit op de tekeningetjes uitgekomen. En je had kunnen onderduiken.'

'Fraai is dat!'

'Je kreeg bescherming, hoor. Die man die je in de trein achtervolgde bijvoorbeeld, dat was er een van ons.'

'En waarom belde die dan bij mij aan?'

'Hij had net de man van de nachtdienst vervangen en hij moest weten wie jij was.'

'Toch voel ik me bedonderd.'

'Snap ik', zei hij. 'Maar ik zat voor een dilemma.'

'En dat zoenen op de parkeerplaats van Klein Hartenstein?' zei ze. 'Was dat ook niet echt?'

'Dat wel', gaf Manzo toe.

'Gelukkig,' zei Heleen, 'want onhandig was het niet.'

Tot afslag 3 was het daarna stil in de auto. Heleen dacht na over Manzo. Over hun leeftijdsverschil. En over de reden waaróm ze graag over hem nadacht.

In het centrum van Groesbeek hingen vlaggetjes van allerlei landen. Manzo passeerde een spoorweg die was overgroeid met bomen en struiken.

'Het oude lijntje naar Kleef', zei hij.

Toen ze het eerste adres van de Bosselaarlijst hadden bereikt – de Mooksebaan waar de huizen volgens een *gründliche* architectuur waren gebouwd – zette hij de motor af maar bleef zitten. Hij overwoog Heleen een verzoeningskus te geven. Maar Heleen stond al buiten. Hij volgde haar over een tegelpad door een keurig aangeharkte tuin.

De man die opendeed, droeg een militaire overall, die hem duidelijk te klein was. Binnen schetterde een tv. Op de wand in de hal zag Manzo militaire schildjes en oorkondes. Hij liet zijn pasje zien en vroeg of de man in het leger zat.

'Nee, mijn vrouw wel', antwoordde hij. 'Ze is met haar eenheid kanovaren in de Eifel. Een uitje voordat ze vertrekt.'

'Vertrekt?' vroeg Heleen.

'Volgende maand gaat ze naar Uruzgan', zei hij trots.

Hij zag dat ze naar zijn mouwen keek die halverwege zijn armen eindigden.

'Van mijn vrouw', grinnikte hij en hij sloeg denkbeeldig stof van zijn broekspijpen. 'Ik gebruik die overalls altijd voor smerige karweitjes.'

Manzo bedankte hem en noteerde de naam die op het gelakte boomstammetje stond bij het tuinhekje.

'Militairen wonen allemaal in een bovenmodale doorzonwoning met villa-allures', zei hij toen ze weer instapten. 'En nooit in een stad. De enige militair die ik ken die in het centrum van een stad woont, werd dichter.'

Bij het volgende adres, in Boxmeer, zag een buurman Manzo door de brievenbus gluren.

'De majoor is weg', zei hij.

Ook het huis in Driel bleek van een militair te zijn die niet thuis was.

'Zijn ze allemaal met dat militaire uitje mee?' vroeg Heleen.

'Laat ze maar in de Eifel blijven', verzuchtte Manzo. 'In Duitsland zijn ze tenminste veilig. Wij gaan naar huis.'

Ze reden terug naar Nijmegen en passeerden de Waalbrug. Hij vermeed naar de spoorbrug te kijken.

'Missie mislukt?' vroeg Heleen toen ze voor haar huis stopten.

'Nee hoor, we gaan dit eens goed uitzoeken', antwoordde hij. 'Voor de veiligheid blijf je vanavond toch maar bij mij.'

Manzo keek haar niet aan.

'Ga ik eerst wat spullen bij elkaar zoeken', zei ze.

'Ik kom je zo ophalen.'

Pas nadat de auto van Manzo om de hoek verdwenen was, merkte Heleen dat de voordeur van de flat openstond.

# 24 Niemand thuis

*Zou hij wel eens over haar fantaseren?*

Heleen stapte voorzichtig de hal van het appartement binnen. Ze vermande zich. Rustig, Akkerslag, Manzo komt zo terug. Maar toen ze de deur achter zich dichtdeed, meende ze dat ze voetstappen hoorde. Waren haar huisgenoten al terug van vakantie?

'Martha?' riep ze. 'Sonja?'

Ze zette haar voet op de onderste treden van de trap. Geen antwoord.

'Ellen, ben je er?'

Haar stem galmde in het trappenhuis. Niemand. Maar hoe kon de voordeur dan openstaan? Ze liep snel naar boven en viste de sleutelbos uit haar tas. Hij viel rinkelend op de tegelvloer. Ze schrok en stond een tijdje bewegingloos. Nergens hoorde ze een geluid.

Ondertussen reed Manzo door de stad op zoek naar een bloemenzaak. Rode rozen, had hij besloten, die zouden het beter doen dan een verzoeningskus. Hij stopte bij een bloemenkraam langs de weg. Terwijl hij een bos rozen uitzocht, herinnerde hij zich dat hij geen geld bij zich had.

'Pak dat boeket alvast maar in', zei hij tegen de bloemenhandelaar. 'Waar kun je hier ergens pinnen?'

In het trappenhuis voor haar appartement trok Heleen haar schoenen uit en nam ze in haar ene hand. Met de sleutels in de andere liep ze op kousenvoeten naar de deur. Haar hand trilde. Je moet onderscheid maken tussen reële dreiging en angst. Het leek lang geleden dat Manzo dat tegen haar gezegd had. Ze duwde de deur met haar schouder open en wierp een snelle blik naar binnen. Niets bijzonders. Ze snoof. Een muffige, warme lucht. Snel sloot ze de deur achter zich en slaakte een zucht van verlichting. De schoenen gooide ze in een hoek.

Zou ze haar ouders even bellen? Ze had al dagen niks van zich laten horen.

Het kon wachten, besloot ze. Haar moeder zou vast weer vragen naar 'die leuke man'. Manzo was natuurlijk wel een lieverd, maar ook geen makkelijke jongen. Raar trouwens dat ze aan hem als een jongen dacht, terwijl hij toch haar vader kon zijn.

Ze gooide de kopieën van Fatima's agenda op tafel, liep naar de keuken en zette water op voor thee. Ze vond de bezorgdheid van Manzo wel vertederend.

Hij had haar laten schaduwen. Zelfs de schermutseling met haar belager was dus in scène gezet. Hoe lang was dat volgen al aan de gang geweest? Ze had het zich dus allemaal niet in haar hoofd gehaald. Wat hadden ze van haar gezien en wat hadden ze aan Manzo doorgebriefd?

Ze nam de kop dampende thee mee naar binnen en zette

hem op tafel naast Fatima's papieren.

Vreemd, de map met haar scriptieaantekeningen lag op de stoel en niet op haar bureau. Ze staarde nadenkend naar buiten. Wanneer had ze er voor het laatst mee gewerkt? Werd ze trouwens nog steeds in de gaten gehouden?

De enkele voetganger die passeerde, sloeg geen acht op haar flat. Nu Manzo definitief op non-actief was gesteld, werd ze natuurlijk niet meer bewaakt.

Zat er meer achter dat schaduwen? Hij was wel geïnteresseerd in haar liefdesleven. En toegegeven: zij ook in het zijne. Wie was die Frances bijvoorbeeld? Kreeg hij alleen informatie van haar, of was er meer? En wat stak er achter die meelevende ansichtkaart op zijn bureau? Logisch, al die belangstelling, dacht ze, Manzo was nu eenmaal een interessante man. Niet zo wereldvreemd als veel van haar medestudenten. Maar hij had ook een triestheid in zich. De dood van Charlotte, die droeg hij nog steeds met zich mee.

Ze stond op en trok haar kleren uit. Ze kon beter nu even douchen. Haar T-shirt wierp ze met een boogje over een stoel. Haar rokje liet ze op de grond zakken. Ze knoopte haar bh los en bekeek zichzelf in de spiegel. Ze wreef over haar tepels. Als Manzo haar zo zag... Zou hij wel eens over haar fantaseren? Die kus was echt geweest. Dat zei hij althans. Maar ik heb het initiatief genomen, dacht ze. Anders was het er nooit van gekomen. Opeens realiseerde ze zich dat zoenen met een stagiaire moeilijk lag. Mocht Manzo dat eigenlijk wel, als mentor?

De telefoon ging. 'Geen telefoontjes aannemen', had Manzo gezegd. 'En ook niemand binnenlaten. Echt niemand!' Zelf zou hij wel bellen als hij eraan kwam, maar dan zou hij hem eerst vier keer over laten gaan en dan nog een keer bellen. Ze telde mee: één, twee, drie, vier...

Ze wachtte op de tweede keer. Eerst de douche maar aanzetten. In haar slip liep ze naar de badkamer. Ze opende de deur en deinsde achteruit.

'War...!'

De gil bleef steken in haar keel. Ze keek in de loop van een pistool. Arash wierp haar een badhanddoek toe. De telefoon ging weer over, maar ze verroerde zich niet.

'Sla deze om.'

Hij wendde zijn gezicht af. Even overwoog ze een sprint in te zetten naar de deur, maar ze realiseerde zich dat ze weinig kans maakte.

'Daar!' gebood hij haar en hij wees naar een stoel.

Tijd winnen, dacht ze, Manzo kon niet lang wegblijven... Hij zou het toch vreemd vinden dat ze niet opnam. Ze ging langzaam zitten.

'Hoe ben je binnengekomen?' vroeg ze met trillende stem.

Ze trok haar knieën op.

'Via Ellen.'

'Ellen is toch met vakantie?'

'Straks was ze nog hier', zei Arash. 'Ze is net terug uit Frankrijk, maar ze is al op weg naar haar ouders. Ze gaf me de reservesleutel van jouw flat.'

'Hoe kan dat nou?' vroeg ze.

'Omdat ik zei dat je kandidaat voor het verenigingsbestuur was. Ik mocht gewoon op jouw flat wachten, Akkerslag.'

Hoe kon Ellen zoiets stoms gedaan hebben? Nu zat ze in een waanzinnige situatie. Leid hem af, dacht ze, zolang hij praat, doet hij niks.

'Kun je dat pistool niet wegdoen?'

Hij grijnsde. Zijn blik verhardde en werd onpersoonlijk.

'Was jij dat in die Suzuki?' vroeg ze haastig. 'Probeerde je ons echt van de weg af te rijden?'

Arash knikte.

'Hoe kwam je aan die auto?'

Arash stak zijn vrije hand in zijn zak en liet een sleutelbos zien.

'Uit de zakken van die prof van jou. De auto stond bij mevrouw voor de deur.'

Dus jij hebt Bosselaar vermoord, schoot het door haar heen. Ze slikte.

'Jij hebt die Suzuki gepíkt?' vroeg ze en ze slaagde erin een bewonderend lachje te produceren.

'Ik wilde niet stelen,' zei hij, 'maar die begrafenisauto van Carolus kon ik niet gebruiken.'

'En die Pakol?' vroeg ze. 'Dat was jouw muts toch, die we bij Bosselaar hebben gevonden?'

Ze vroeg nu lukraak wat haar inviel. Arash knikte.

'Bosselaar dacht slim te zijn. Hij nam mijn pakol mee in Winterswijk. Hij verzamelde sporen, bewijsmateriaal. Toen wist ik dat hij in opdracht handelde.'

'Wat wil je?' vroeg ze.

'Praten', zei Arash.

'Waarover?'

'Over alles wat ik wil weten. Ik bepaal waarover. Ja?'

Hij hief het pistool.

Ze huiverde. Plotseling drong het tot haar door hoe kwetsbaar ze erbij zat: halfnaakt, met een ex-vriendje van de vermoorde Fatima. En dat ex-vriendje hield een pistool op haar hoofd gericht. Ze moest haar angst onder controle houden. Doorgaan, dacht ze, stel vragen! Manzo komt zo.

'Wie ben jij eigenlijk?' vroeg ze.

# 25 De twaalfde man

*Voor het eerst voelde Heleen wat doodsangst was.*

'Ik ben de twaalfde man', zei Arash.

Hij knikte een paar maal, alsof hij zijn woorden proefde. Heleen combineerde razendsnel. De twaalf man in het studentenhuis in Wageningen. De groep die op de Ramba 8 moest worden aangetroffen. De tweemaal zes man in de vakantiehuisjes van De Groene Heuvels.

'Jij hebt ons vanochtend gezien in Ewijk', zei ze. 'We hebben je gestoord, hè?'

Hij haalde zijn schouders op.

'Er is geen operationeel materiaal achtergebleven', zei hij.

*Operationeel materiaal*, dat klonk naar een militaire operatie. Manzo zat dus op het goede spoor.

'En je medestrijders?' vroeg ze.

Arash deed een paar snelle stappen voorwaarts, het pistool

op haar hoofd gericht. Hij greep haar bij haar paardenstaartje en trok haar achterover.

'Probeer je mij te fucken?' siste hij. 'Mij, Arash Wardak!'

Nee, probeerde ze uit te brengen, maar Arash drukte de loop tegen haar wang.

Voor het eerst voelde Heleen wat doodsangst was. Haar hart bonsde tegen haar ribben, haar gezicht werd bloedwarm, haar ademhaling schoot omhoog.

'Waar zijn jullie daarna geweest?' beet hij haar toe.

'Naar een paar dorpjes', bracht ze uit.

Arash drukte het pistool nog dieper in haar huid. De gedachte dat er maar één kleine beweging nodig was om een kogel door haar hoofd te jagen, maakte haar keel kurkdroog.

'Groesbeek, Boxmeer en Driel', zei ze schor.

Arash liet haar los. Met een hoofdbeweging beval hij haar om door te praten.

'Er woonden militairen, we...' Ze noemde de namen die ze zich herinnerde, en ook vertelde ze dat ze al eerder bij een woning in Tiel waren, en ook in Winterswijk, omdat Bosselaar het adres had laten slingeren op zijn harde schijf, en dat Fatima haar ook informatie had toegespeeld, op een andere manier natuurlijk, en dat Fatima tekeningetjes maakte en daardoor waren ze op de Ramba 8 gekomen...

Ze vertelde alles, alles wat ze zich kon herinneren terwijl ze bad dat Manzo nu kwam.

'Stop', zei hij. 'Die tekeningetjes van Fatima, waar zijn die?'

Ze wees naar haar bureau.

'Pak ze eens', zei Arash.

Ze tastte achter zich, terwijl ze haar ogen op Arash gericht hield, hopend dat hij niet zou schieten zolang ze hem recht aankeek. Ze hijgde, merkte ze, het leek wel of die stroom woorden haar alle kracht had gekost. Arash bladerde door de papieren.

'Leg uit', gebood hij.

Hij ging tegenover haar zitten en hield de tekening omhoog van de Winterswijkse lasergamehal.

'We dachten dat je daar een afspraak had met Bosselaar en Fatima', begon ze.

'En dat je ze daar had laten kennismaken met jouw groep, maar we snapten niet waarom Fatima ze had aangekleed als spoken...'

Tot haar verbazing barstte hij in lachen uit.

'Heel goed, spoken inderdaad...' hinnikte hij. 'In jullie hoofd. En weet je wat? Ik heb ze in jullie hoofd gestopt. Alles heb ik erin gestopt! Alles wat ik aan Fatima vertelde, ging naar Bosselaar en van Bosselaar naar jouw beschermer.'

Hij zwaaide met het pistool heen en weer. Zijn vinger zat nog steeds om de trekker.

'Ze bestaan niet', zei hij. 'Ze zijn een verzinsel, mijn verzinsel. En jullie hebben er een nachtmerrie van gemaakt. Een enorme rel, een realiteit. Die Gorzak van jou jaagt op spoken!'

Zijn lachen ging over in gegiechel.

'Die boot was een vondst, hè? En zeker na dat bommetje bij de Spoorwegen. En mooi stukje huisvlijt.'

Heleen knikte onwillekeurig. Arash bladerde door de papieren, liet vallen wat hij niet nodig had en trok er het tekeningetje van de stoomboot uit.

'Dus dit heeft Gorzak getriggerd', zei hij. 'Wat een paniek! En jullie hadden er niets van begrepen.'

Hij fronste. De vijandigheid sloop weer in zijn stem. Het pistool ging omhoog.

'Waarom heeft Fatima jou dit gegeven?'

'Ik weet het niet', fluisterde Heleen.

Eigenlijk moest ze zeggen: omdat ze jou doorhad. Het kon niet anders, Fatima vermoedde dat hij een fakegroep had gecreëerd.

Ze hield zich in en vervolgde: 'Ze zou me helpen met mijn scriptie. Ik dacht eerst dat ze me rapporten zou geven, maar later... We maakten altijd tekeningetjes tijdens de colleges...'

Ze wist niet meer wat ze moest zeggen.

'Weet je dat ik ben gevraagd als proefkonijn bij de luchtmobiele brigade?' vroeg hij ineens. 'Om situaties na te bootsen die jullie jongens en meisjes in Uruzgan kunnen tegenkomen. In heel Oost-Nederland is geen Afghaan meer te vinden die niet voor de militairen werkt.'

Hij praatte sneller en op gedempte toon alsof hij een geheim verklapte.

'Ze werken allemaal op de Oranjekazerne, waar de militairen getraind worden. Maar ík kwam niet door de screening. Onbetrouwbaar, omdat mijn ouders en drie van mijn broers waren gesneuveld.'

'Wat rot vo...'

De telefoon ging over. Heleen telde in gedachten mee. Eén, twee, drie...

'Neem op', gebood Arash. 'Zet hem op de handsfree. Als het Gorzak is, zeg je dat je bezig bent.'

Zeven, telde ze en ze nam op.

'Met Heleen.'

'Ha, Heleen,' zei Manzo, 'alles oké?'

'Ik ben druk', zei ze.

Ze verboog haar stem licht. Zou Manzo het horen? Arash gebaarde op zijn horloge.

'Ik bel je nog', zei ze en ze hing abrupt op.

'Hoer.'

Arash sloeg met de achterkant van zijn pistool tegen haar

gezicht. Ze voelde dat er bloed langs haar wang liep.

'Weet je waarom ik ben gevlucht?'

Heleen schudde haar hoofd.

'Omdat ik naar een beschaafd land wilde gaan, een land met cultuur, met vrijheid, een land met een hart. Een land waar ik niet werd opgesloten en gemarteld. In Kabul was ik bijna klaar, een halfjaar en dan was ik arts. Totdat ze me oppakten. Ik heb het geslikt dat ik hier helemaal opnieuw moest beginnen. Ik heb jullie taal geleerd. Op de ontgroening was ik minder dan een varken, maar ik wilde me aanpassen.'

'En Fatima dan?' snikte ze. 'Waarom moest ze dood?'

Ze wilde niet denken aan wat hij met haar gedaan had.

'Fatima hield niet van mij, maar van mijn geschiedenis, van mijn contacten. Ze gebruikte mij om Bosselaar te geven wat hij nodig had. Bosselaar zou wel duidelijk maken hoe weinig dreiging er eigenlijk was. Bosselaar wilde vertellen dat er spelletjes gespeeld werden. Dat de dreiging van radicale moslims gebruikt werd om de wetten aan te scherpen. En dat Fatima zijn vriendin werd, was mooi meegenomen.'

'Wat gebeurde er dan in Wageningen?' vroeg ze zachtjes.

'Bosselaar ging me kapotmaken. Bosselaar wilde publiceren. Met mijn naam. Met mijn plan! En weet je wat de grap is?'

Hij schreeuwde.

# 26 Collateral Damage

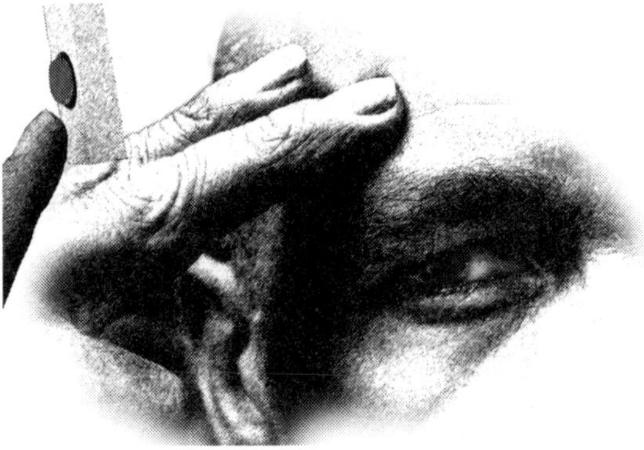

*'Maar binnenkort zijn de militairen aan de beurt.'*

In de zinderende middaghitte stond Manzo een paar seconden met zijn mobiel in zijn hand. *Ik ben druk, ik bel je nog.* Met zo'n vreemde hoge stem... en Heleen had het belsignaal vaker dan afgesproken laten overgaan... Het drong vertraagd tot hem door. Hij wiste zijn voorhoofd af met een zakdoek.

Er was iets mis.

Hij stopte de bloemenkoopman snel een biljet in zijn hand en rende met de bos rozen naar de leenwagen. Met gillende banden schoot hij weg. Naar Heleen, kom op! Hij sloeg woedend op het stuur en remde abrupt. En dan? Zijn dienstwapen had hij verdomme moeten afgeven.

Hij toetste een nummer in.

'Frances? Met Manzo. Ik kom je Walther ophalen... een noodgeval.'

Voordat ze iets kon vragen, verbrak hij de verbinding.

Ze wachtte hem op bij de deur, ze hield het pistool al klaar. Hij griste het uit haar hand.

'Manzo, wacht, wat is er...'

Hij sprintte al terug naar zijn wagen.

Ondertussen leek het in Heleens appartement warmer te worden. Over het gezicht van Arash gleden zweetdruppeltjes.

'De grap is: ik ben niet eens moslim', zei Arash. 'Ik had mijn geloof vaarwel gezegd. Net zoals zoveel katholieken en protestanten in dit land. Ik was een afvallige! Maar dáár geldt: dood de afvallige! Dus ik werd opgepakt. Net voor die verdomde Amerikanen binnenvielen!'

Heleen maakte een sussend gebaar.

'Maar je kent de Bijbelteksten goed', zei ze. 'Je had een tekst uit Deuteronomium...'

'Ik heb zelfs jullie Bijbel bestudeerd. Maar het maakt helemaal niets uit.'

'Hoezo?'

'Je hebt in Zevenaar gezien wat er gebeurde. Alleen de gekleurde buitenlanders werden gearresteerd. We werden op het perron geselecteerd.'

Hij keek haar oplettend aan. Het ontging Heleen niet wat Arash bedoelde: als je naar de Tweede Wereldoorlog verwees, dan was je pas echt ingeburgerd. Niet op zijn frustratie reageren, dacht ze, leid hem af.

'Wat heeft Bosselaar daarmee te maken?' vroeg ze.

'Voor Bosselaar was ik hóógst belangrijk. Ik had informatie die hij wilde hebben. Bovendien stond ik aan de goede kant.'

Heleen keek hem vragend aan.

'Kijk maar niet zo verbaasd', zei Arash. 'De goede kant, ja. Intellectueel. En verlicht. Ik was mijn dorp al ontvlucht naar

Kabul. Waar het dus misging. Ik kon ontsnappen en heb in Nederland mijn heil gezocht. Het duurde jaren, maar uiteindelijk werd ik ingeloot voor medicijnen.'

Waarom vertelt hij me dit allemaal? dacht Heleen, maar Arash was niet te stoppen.

'Ik was al bijna arts, dus die studie ging me makkelijk af. Alles ging goed. Tot ik foto's kreeg van mijn familie. Verminkte lichamen. Mijn moeder was nauwelijks te herkennen...'

Hij haperde even.

'Een geval van collateral damage. Niet eens door wapengeweld. Gewoon platgereden door een Amerikaans konvooi dat een hinderlaag achter iedere boerenkar vermoedt. Onze zogenaamde bevrijders hebben mijn familie laten liggen als oud vuil. Ze zijn gewoon doorgereden. Mijn jongste broer heeft alles gezien. En nu is hij opgepakt door jullie troepen. De enige getuige.'

Het gezicht van Arash was een masker geworden.

'Maar waarom?' vroeg Heleen.

Hij staarde naar een punt achter haar.

'Toen werd alles anders', zei Arash. 'Het land waarheen ik was gevlucht, besloot mee te doen met de moordenaars van mijn familie. Ik moest iets doen. En Bosselaar wilde maar al te graag horen wat ik te vertellen had. De angst heeft jullie in zijn greep en wie angst en werkelijkheid niet uit elkaar haalt, maakt fouten. Daardoor heb ik mijn familie verloren. Ik ben hier gast, maar er moet gerechtigheid zijn, vergelding.'

Heleen wilde vragen wat hij daarmee bedoelde, maar hij gebaarde haar te zwijgen.

'Op die avond in Wageningen heb ik Bosselaar voor de tweede keer ontmoet. Vanuit het huis voor buitenlandse studenten zag ik hem in de auto vozen. Met mijn Fatima.'

'Buitenlandse studenten?' vroeg Heleen.

'Stil!' gromde Arash en hij vervolgde: 'Ik liep naar de auto van Bosselaar. De smeerlap ritste net zijn gulp dicht. "Er is niemand, hè?" was het eerste wat hij tegen me zei. "Er is helemaal geen groep." Hij probeerde me uit. "Dit komt in alle journaals. Arash Wardak die in zijn eentje verantwoordelijk is voor zoveel chaos." Ik moest mijn huid redden. Ik heb hem de waarheid verteld. Over hoe mijn familie was omgekomen. En ja, dat ik een eenling was die alles had verzonnen om te laten zien dat de werkelijkheid altijd anders is. Dat ik de mensen alleen angst had willen aanjagen. En dat paste precies in het straatje van Bosselaar. Hij wilde naam maken en daarvoor mijn naam opofferen.'

Heleen kroop in elkaar. Hij moest dit niet aan haar vertellen, dit werd een bekentenis... Ze huiverde. Waar bleef Manzo?

'Daarom heb ik ze doodgemaakt', zei Arash. 'Bosselaar was zo gretig, hij zat te schrijven en te schrijven en ik vertelde hem alles. Ik ging binnen flesjes Extran halen en heb daar het slaapmiddel in gedaan. Ze wilden beleefd zijn en namen de drankjes aan. Toen ze eenmaal sliepen...'

Hij deed voor hoe hij een injectienaald in een arm stak. Ze wendde haar hoofd af.

'Jij weet veel van schepen, hè?' zei ze. 'Je had toch bij een scheepsbedrijf gewerkt... jij was die boordwacht?'

Arash wuifde haar vragen weg.

'Fatima en Bosselaar waren burgerslachtoffers. Maar binnenkort zijn de militairen aan de beurt. Krijgen ze een voorproefje.'

Hij bracht spottend twee vingers naar zijn slaap en salueerde. Daarna deed hij alsof hij de trekker van een pistool overhaalde.

'Bedoel je de luchtmobiele brigade?'

'En deze keer gaan degenen sneuvelen die de bevelen

geven. Niet die zielenpoten die door mijn dorp zullen marcheren.'

Hij schudde zijn hoofd.

'Waar is Gorzak?' vroeg hij.

O, Manzo komt zo, wilde ze zeggen, maar de voordeurbel ging al. Arash bracht zijn pistool omhoog en prevelde iets. Hij liep achterwaarts naar het raam en keek over zijn schouder in de tuin.

'Manzo!' gilde Heleen.

Al haar angst legde ze in die ene kreet.

Arash vuurde onmiddellijk.

Buiten, bij de voordeur, hoorde Manzo het schot. De wereld verschoot van kleur naar zwart-wit. Hij dook even in elkaar. Voorbijgangers bleven staan. Op het terras aan de overzijde vielen de gesprekken stil. Het was alsof iedereen de adem inhield.

'Heleen!' brulde hij.

Hij deed een paar stappen terug en nam een aanloop. Met zijn volle gewicht beukte hij tegen de voordeur. Bij die tweede poging sprong de deur uit de sponningen en struikelde hij de hal in. Hij kroop overeind en rende de treden op. Met één trap forceerde hij het slot en stormde haar flat binnen.

# 27 Onder vuur

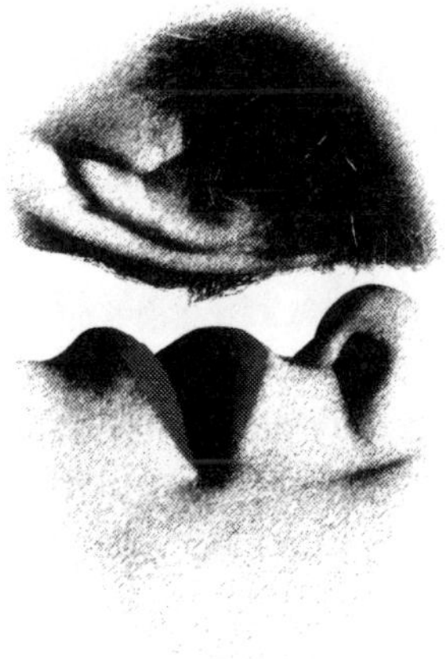

*'Ademhaling snel maar oppervlakkig.'*

Eenmaal in Heleens woonkamer maakte Manzo een halve cirkel met zijn wapen voor zich. Heleen lag bewegingloos, half op de bank, half op de vloer. Haar ogen waren gesloten. Manzo registreerde de openstaande deur en de naar buiten bollende gordijnen. Met een paar stappen stond hij op het balkon. Arash was naar beneden gesprongen en rende naar zijn motor. Manzo aarzelde geen moment en vuurde.

'Liggen', brulde hij tegen de mensen op het volle terras van café Trianon aan de overkant van de straat.

Daar brak paniek uit. Tafels vielen om en de bezoekers vlogen alle kanten uit. Arash viel neer, kroop een paar meter door en krabbelde weer overeind. Hij bereikte hinkend zijn Honda en klom erop. Manzo schoot nogmaals, maar nu miste hij. Arash startte de motor, maakte een snelle draai en hief zijn wapen. Terwijl hij optrok, vuurde hij driemaal terug. De kogels verbrijzelden ruiten aan de voorzijde van de flat. Manzo liet zich achterovervallen en kroop door de glasscherven naar Heleen.

Hij ondersteunde haar hoofd met beide handen. Foute boel, constateerde hij, helemaal fout. In haar voorhoofd waren de randen van de inschotopening duidelijk zichtbaar. Toen hij zijn hand onder haar achterhoofd weghaalde, droop het bloed van zijn vingers. Hij legde de handdoek, die van haar was afgegleden, onder haar hoofd en drukte die ertegenaan. Een paar seconden bleef hij zo zitten, verdoofd en verdwaasd, totdat de politieman in hem het weer overnam.

Hij legde zijn oor tegen haar mond en voelde aan de halsslagader.

'Ademhaling snel maar oppervlakkig', zei hij hardop. 'Pols idem.'

Hij controleerde geroutineerd of ze verwondingen had aan de rest van haar lichaam. Dat was niet het geval. Hij legde haar op haar zij, haalde een dekbed uit haar slaapkamer en legde het over haar heen. Hij liet zich doorverbinden met spoedeisende hulp. Daarna belde hij het hoofdbureau. In de daaropvolgende vier minuten en vijfendertig seconden drongen allerlei gedachten zich op, terwijl hij Heleens ademhaling en hartslag bleef controleren. Hij sprak zacht tegen haar. Alsof hij de dood bezwoer: 'Je gaat het halen. Je redt het, je bent sterk...' En nadrukkelijker: 'Niet weggaan, niet jij ook.'

Pas toen een ambulancebroeder hem op de schouder tikte, kwam hij overeind.

'Schot door het hoofd', meldde hij.

Hij bleef toekijken hoe Heleen een infuus kreeg toegediend, op een brancard werd gelegd en haastig naar buiten werd gedragen. Toen het sirenegeluid was weggestorven, maakte zich een grimmige woede van hem meester.

'En nu jij, Wardak', zei hij binnensmonds.

Het terras van Trianon was leeggestroomd. De gasten drongen samen op de stoep voor Heleens flat. Hij zag iemand een foto maken met zijn mobiele telefoon. Manzo wurmde zich door de haag kijkers en negeerde de vragen.

Onderweg naar Arnhem belde hij eerst met Knuvelder. Op het bureau meldde hij zich bij commissaris Van Lopik. Toen hij diens kamer een kwartier later verliet, was Manzo Gorzak weer in actieve dienst, met alle bijbehorende bevoegdheden. Die mededeling werd meteen via het interne communicatiesysteem doorgegeven. Opvallend was de toevoeging dat Van Lopik het personeel opriep Manzo alle mogelijke steun te verlenen. In diverse kamers werd goedkeurend gegrinnikt. Manzo had het hem weer geflikt... maar hoe? Degenen die vermoedden dat Manzo had gedreigd Van Lopik de aanslag op Heleen in de schoenen te schuiven, zaten er het dichtst bij.

De eerste maatregel die Manzo nam, was een 24-uursbewaking van Heleen in het Radboud Ziekenhuis. Daarna liet hij een internationaal opsporingsbericht verspreiden met het signalement van Arash Wardak. Vervolgens haalde hij van diverse afdelingen die mannen en vrouwen van wie hij wist dat ze er niet tegenop zagen een paar nachten bedrust op te offeren. Om zeven uur 's avonds belegde hij een korte vergadering.

'We hebben te maken met een groep van twaalf Afghaanse strijders. De leider heet Arash Wardak en is een vluchteling uit Afghanistan. Hij had hier talloze baantjes, voornamelijk via uitzendbureaus', legde hij uit. 'Hij radicaliseerde toen een deel van zijn familie omkwam. Deze Wardak is nu iets van plan. Hij heeft al een paar maal laten zien waartoe hij in staat is. De Ramba 8 was zijn visitekaartje. Om te testen hoe we zouden reageren. Een schot voor de boeg.'

Er werd gelachen. Ook Manzo's gezicht ontspande toen hij zijn eigen woordspeling begreep.

'Het is een eersteklas strateeg', ging hij verder. 'Door zijn toedoen is de discussie over de veiligheidsmaatregelen opgelaaid. Ik las al in diverse commentaren dat er bewust angst is gecreëerd om de Amerikanen tevreden te stellen met onze inspanningen tegen het wereldterrorisme. Het zij zo.'

Daarna verdeelde hij zijn team in duo's en deelde de opdrachten uit.

'Jullie gaan naar het studentenhuis in Wageningen en verzamelen daar alles wat te maken heeft met die groep. Een huiszoekingsbevel ligt klaar bij de wachtcommandant.'

Hij knikte ze gedag.

'Om 23.00 uur verzamelen we ons hier met de eerste resultaten', riep hij hun na en hij wees het volgende tweetal aan. 'Jullie gaan naar De Groene Heuvels.'

Zijn vinger schoot heen en neer: 'En jullie duiken de archieven in. Haal elke letter boven water die aan Arash Wardak is gewijd. IND, RCID, AIVD, het maakt me niet uit. En jullie gaan naar Carolus Magnus. Wring iedereen uit over de eerstejaars Arash Wardak, of ze nou een driedelig kostuum of een mantelpakje dragen of wat ook. En jullie...'

Na vijf minuten was iedereen vertrokken.

'En ik ga naar Heleen', zei hij tegen een lege vergaderzaal.

Manzo arriveerde net toen Heleen uit de verkoeverkamer naar de intensive care werd gereden. De gastvrouw van de IC liet hem in een wachtkamer plaatsnemen. Pas na een eeuwigheid mocht hij bij Heleen.

Hij schrok. Haar hoofd was grotendeels kaalgeschoren. Haar gezicht was even wit als het verband dat de wonden bedekte. Manzo keek de begeleidende verpleger vragend aan.

'Mevrouw Akkerslag heeft geluk gehad', zei de jongeman terwijl hij Heleen aansloot op de apparaten. 'De kogel heeft het schedeldak doorboord en is via de *liquor cerebrospinalis*... eh, het hersenvocht aan de achterzijde weer naar buiten gekomen.'

Heleen knipperde met haar oogleden. Manzo boog zich voorover.

'Heleen...' zei hij. 'Ik ben het, Manzo.'

Heleens mondhoeken vertrokken iets. Haar rechterhand, die tot dan toe op haar borst had gelegen, bewoog. Langzaam bracht ze een gebalde vuist naar haar voorhoofd en strekte twee vingers. Ze keek Manzo strak aan toen ze de vingers naar haar slaap bracht en een schietbeweging maakte.

'Ze doet een pistool na', zei de verpleger. 'Ze kan niet praten.'

'Nu niet, of nooit meer?' vroeg Manzo.

'Onmogelijk te zeggen', zei de verpleger en hij duwde Manzo weg. 'Ze heeft rust nodig.'

Bij het verlaten van de kamer trok een vrouw van middelbare leeftijd hem aan zijn revers opzij. Het was Heleens moeder.

'Hoe heeft dit kunnen gebeuren?' gilde ze en ze hief haar hand.

# 28 Bang voor spoken

*Het eerste wat Manzo zag, was de kop...*

Manzo zag de vuist van mevrouw Akkerslag niet aankomen.

'Het is jouw schuld!' riep ze terwijl ze hem vol op zijn neus raakte. Daarna greep ze hem bij zijn nek.

'Het is mijn dochter!'

Manzo probeerde zich los te rukken. Hij wilde geen geweld gebruiken tegen Heleens moeder. Als de bewaker niet tussenbeide was gekomen, had ze hem stevig toegetakeld. Even later zat ze snikkend op een stoel. Nadat een verpleger zijn bloedneus had gestelpt, probeerde hij haar duidelijk te maken waarom Heleen het doelwit van Arash was geworden.

'Haar vriendschap met Fatima is haar noodlottig geworden', legde hij uit. 'Na de dood van meneer Bosselaar, en

Fatima, kwam alles in een stroomversnelling. Uw dochter heeft ons op het spoor van een terroristengroep onder aanvoering van een zeker Arash Wardak gezet. Helaas kwamen we zo dichtbij dat deze leider haar wilde uitschakelen.'

Hij verzweeg dat hij er zelf voor had gezorgd dat Heleen zijn stagiaire werd en dat hij haar als informant had gebruikt.

Hij was net op tijd terug op het hoofdbureau voor de briefing van elf uur 's avonds. Appelaar vroeg als eerste het woord.

'Wardak is op de *Notaufnahme* van het St.-Antoniushospital in Kleef behandeld. Hij beweerde dat hij tijdens het oefenen voor het *Königschiessen* bij de Bürgerschützenverein in Emmerich door een afzwaaier is geraakt. Toen de dienstdoende arts vroeg waar het incident precies had plaatsgevonden, brak de hel los. Wardak wist het niet en nam het zekere voor het onzekere. Hij gijzelde de arts, liet hem onder bedreiging van zijn pistool de wond verzorgen en is daarna met hem naar de parkeerplaats gelopen. Ze reden samen weg in de Lincoln Continental van de arts, die inmiddels weer ongedeerd is opgedoken in het Reichswald.'

'Dus Arash rijdt nu rond in een oldtimer met een Duits nummerbord', concludeerde Manzo.

Van het team uit Wageningen kwam de melding dat in het studentenhuis inderdaad twaalf buitenlandse studenten hadden gewoond. Ze waren echter al ruim voor de avond van de moord vertrokken. Ze hadden er één opgespoord, maar hij had nooit van Arash Wardak gehoord.

Het duo dat hij naar bungalowpark De Groene Heuvels had gestuurd, was teruggekomen met al het materiaal dat aan de wanden hing. Manzo spreidde de foto's op tafel uit.

'We hebben die foto's laten zien aan ons contact bij de MIVD', zei een van de rechercheurs. 'Hij herkende één gezicht. Van een majoor van de Staf Luchtmobiele Brigade. Daarna hebben we hun hoofd Personeelszaken gebeld, maar die wilde niet reageren. Hij moest eerst toestemming aan zijn commandant vragen.'

'Daar heb je het toch niet bij laten zitten, hè?' vroeg Manzo.

'Natuurlijk niet', zei de rechercheur. 'Ik heb de brigadecommandant thuis gebeld. Ik moest hem er wel van overtuigen dat het niet om een vechtpartij met zijn manschappen op de Korenmarkt ging. Ze zijn daar verrekte bang voor negatieve publiciteit. Maar morgenochtend staat die personeelsfunctionaris hier op de stoep.'

Collega Franssen was bij Carolus geweest.

'Het was erg rustig op de sociëteit. Filmavond. Van een zekere Shofel hoorde ik dat Wardak sinds het galabal op Slot Doddendael niet meer gesignaleerd is. Er is nog één belangrijk detail: tijdens de ontgroening heeft Arash te veel water gedronken. Dat leidde bijna tot een kaliumvergiftiging. Zijn eigen slachtoffers heeft hij toch ook vermoord door ze kalium in te spuiten?'

'Die religieus geïnspireerde strijders zijn erg gevoelig voor symboliek', beaamde Manzo.

'Ik ben daarna nog eens in die zaak van de Ramba 8 gedoken', ging Franssen verder. 'De kapitein van de tanker heeft Arash van de foto herkend. Het was inderdaad de jongen die zich kwam melden als boordwacht. Voor wat het waard is.'

'Allemaal prachtig,' zei Manzo, 'maar de groep is nog altijd niet gevonden. Wie verder?'

Hij keek de tafel rond.

'Mevrouw Bosselaar heeft om politiebescherming gevraagd', zei Appelaar. 'Ze is doodsbang. Volgens haar loopt iedereen gevaar die met Bosselaar te maken had. Daarom wilde ze ook naar Paraguay vluchten...'

'Zet maar een mannetje voor haar deur', zei Manzo. 'En laat haar telefoon tappen.'

'Eén ding nog', zei Appelaar. 'Ik heb met behulp van een tolk de naam Wardak gegoogeld. We kwamen op een Afghaanse website terecht. Die familie van Wardak is omgekomen bij een verkeersongeluk met een Amerikaans konvooi. Die Amerikanen zijn gewoon doorgereden, schijnt het.'

'Dat heeft hem natuurlijk getriggerd', zei Manzo.

Op het bureau sliep hij een paar onrustige uurtjes. De volgende ochtend werd hij gewekt door Appelaar.

'Reveille!' riep hij en hij gooide hem een krant toe.

Het eerste wat Manzo zag, was de kop: POLITIE JAAGT OP SPOKEN. 'Geschreven door Marianne Ooster'. Ze citeerde anonieme bronnen bij de politie en beschikte over verrassend veel details. Het kwam erop neer dat de politie de afgelopen weken een klopjacht op een niet-bestaande terroristische cel had ontketend. De moord op de strafrechtgeleerde Bosselaar en zijn jonge studente Fatima Ansloo had de politie op het verkeerde been gezet. Naar verluidt had Bosselaar in Wageningen en Winterswijk aanwijzingen gevonden dat er sprake was van een spookgroep. Dat zou de talloze valse meldingen verklaarbaar maken. 'Een tweede Hofstadgroep lijkt uitgesloten', luidde haar conclusie.

'Onzin', zei Manzo en hij vouwde de krant dicht.

Er werd driftig op de deur werd geklopt. Een overste van de luchtmobiele brigade beende zijn kamer binnen.

'Ik ben de SI', zei de overste. 'Ik heb opdracht gekregen mij hier te melden.'

'SI?' vroeg Manzo en hij pakte een pen. 'Is dat uw voor- of achternaam?'

De overste keek hem geïrriteerd aan.

'Hoofd Personeelszaken', verduidelijkte hij.

Manzo gaf hem het stapeltje foto's. De overste bekeek ze een voor een.

'Ja, ik ken ze.' zei hij. 'Wat wilt u weten?'

'Hebben ze iets met elkaar te maken?' vroeg Manzo.

'Ze werken allemaal bij de luchtmobiele brigade.'

'U kent ze allemaal? Kunt u me de namen geven?'

'Ik ken ze heel goed', zei de overste. 'Maar ik wil eerst van u weten waarom u de namen van mijn mensen wilt hebben.'

Manzo begon zich te ergeren en voor hij het wist, beet hij hem toe: 'In het belang van het onderzoek kan ik hier geen mededelingen over doen.'

De overste stond abrupt op. Zonder nog een woord te zeggen, liep hij de kamer uit. Manzo rende achter hem aan de gang op.

'Hé, hier blijven, dit is een zaak van leven of dood!'

De officier liep gewoon door.

'Bel maar met de baas', zei hij over zijn schouder.

'Reken maar', riep Mano hem na.

Hij ging weer achter zijn bureau zitten en bekeek de resultaten tot nu toe. Er was nog maar weinig vooruitgang geboekt. Maar Heleen had hem wel iets duidelijk willen maken. Hij besloot om haar nog voor de ochtendbriefing op te zoeken in het Radboud Ziekenhuis.

Op de St. Annastraat zag hij een groepje demonstranten met tulbanden en hoofddoekjes. Die hadden het voorpagina-artikel ook gelezen, concludeerde hij.

Heleen was wakker toen hij aan haar bed ging zitten. Er liep een straaltje speeksel over haar kin. Manzo boog zich voorover. Haar lippen bewogen.

Ze probeerde hem iets te zeggen.

# 29 Gééf... ácht!

*'Een verkeersbrigadier werd bijna van zijn sokken gereden...'*

Heleen kuchte en slikte wat slijm weg. Manzo legde zijn hoofd tegen haar lippen.

'Gee...f ach...t', fluisterde ze.

Ze balde haar vuist, stak weer twee vingers op en bracht ze naar haar slaap.

Manzo kwam overeind. Ze keek hem doordringend aan.

'Het doel van Arash?' vroeg hij.

Heleen knipperde met haar ogen.

'Zijn het militairen?'

Heleen knipperde weer. Ze wees naar de lucht.

'De luchtmobiele brigade?'

Heleen knipperde éénmaal. Daarna stak ze haar vinger opnieuw in de lucht.

'Hoog... hoger...?'

Ze wees op haar hoofd. Manzo fronste.

'Oké, een aanslag op de luchtmobiele brigade dus', zei hij. 'Vanuit de lucht, bedoel je?'

Twee paar handen landdden op zijn schouders. Twee IC-verplegers trokken hem naar achter. Hij zag niet meer dat Heleen haar ogen had gesloten.

'Stop daarmee!' beet de een hem toe. 'Mevrouw is aan het overléven!'

De ander trok het gordijn dicht rond Heleens bed. Manzo knikte slechts.

Op het hoofdbureau in Arnhem liet hij iedereen bijeenkomen voor de ochtendbriefing. Manzo begon met een verslag van zijn bezoek aan Heleen.

'Hoe betrouwbaar is haar verklaring?' vroeg Appelaar. 'En hoe betrouwbaar is jouw interpretatie? Het kan een afleidingsmanoeuvre zijn. Een spookgroep, zei de krant. Ze hebben het eerder geflikt... met die zogenaamde aanslag op de Ramba 8.'

'Ja, het staat in de krant, dan is het waar', zei Manzo sarcastisch. 'Iemand enig idee wie er heeft gelekt?'

Een paar seconden was alleen het geslurp van de koffie te horen.

'Harco, hebben jullie nog iets ontdekt over het laatste baantje van Wardak?' vroeg Manzo.

'Bij dat NS-cateringbedrijf zijn ze behoorlijk link op hem', las Harco uit zijn aantekeningen voor. 'Wardak is al acht dagen niet meer komen opdagen. Maar het grootste probleem is dat hij er met een gloednieuwe uitrusting vandoor is. Een heetwaterreservoir, vijftig theezakjes, vijftig zakjes met koffiepoeder... De NS gaat nu een claim tegen Wardak indienen wegens gederfde inkomsten.'

Manzo negeerde het gelach.

'Heeft iemand iets over de huidige verblijfplaats van de

rest van de groep-Wardak?' vroeg hij en hij knikte naar de duo's die in Wageningen en De Groene Heuvels onderzoek hadden gedaan.'

Profi's, was hun oordeel. De buurt had hen nauwelijks opgemerkt. Ze waren spoorloos verdwenen. De teksten op de muren waren vertaald en lieten geen twijfel bestaan over hun doel en het offer dat ze bereid waren te brengen: een heldhaftige dood in een vernietigende slag tegen de goddeloze overheersers van hun land.

'Toe maar', zei Manzo. 'En wat kwam er uit de archieven?'

De onderzoekers bevestigden de zwartste scenario's. Wardak werd heel goed in staat geacht strijders te rekruteren. De meest alarmerende berichten kwamen van de Militaire Inlichtingen- en Veiligheidsdienst. Er waren de laatste tijd veel Afghanen gescreend voor rollenspelen bij de luchtmobiele brigade. Sommigen bleken goede bekenden van Arash te zijn. Manzo sloeg met vlakke hand op de tafel.

'Dus hij heeft zijn infiltranten al binnen de poorten van de Oranjekazerne', zei hij. 'We moeten meteen... Wacht!'

Hij nam haastig zijn mobiel op en luisterde even.

'Er is zojuist een oldtimer gesignaleerd bij het Oorlogsmuseum', zei hij.

'Een verkeersbrigadier werd bijna van zijn sokken gereden toen hij daar met een klas kinderen overstak. Volgens de kinderen had die wagen een Duits nummerbord.'

Hij stond op.

'Dat is op twee kilometer afstand van de Oranjekazerne', concludeerde hij terwijl hij zijn spullen bijeenraapte. 'Appelaar, laat een melding uitgaan voor de hele Veluwezoom. Kondig *level red* af. Waarschuw de Koninklijke Marechaussee en de arrestatie-eenheden! Laat alles in de gaten houden wat boven Oost-Nederland vliegt. De rest gaat met mij mee naar de kazerne. We verzamelen daar bij de poort.'

Even later schoot Manzo in een politiewagen met gillende sirene door de stad. Onderweg belde hij al met de centrale van de Oranjekazerne.

'Politie, geef me de commandant!' beval hij.

'Dan moet u een ander nummer bellen', was het antwoord. 'Dat wordt dan...'

Manzo noteerde het nummer en probeerde opnieuw verbinding te krijgen.

Ondertussen drong de omvang van het probleem tot hem door. De Oranjekazerne besloeg een enorm terrein, met tientallen gebouwen. Er woonden en werkten tweeënhalfduizend man. Een dorp waarvan bijna niemand het bestaan wist.

Er was minstens zeventien kilometer hek, waarin Arash en zijn groep maar een gaatje van een halve vierkante meter hoefden te maken om doorheen te glippen. Waar moesten ze met zoeken beginnen?

'Er wordt niet opgenomen', zei de stem aan de andere kant van de lijn. 'Ze zitten waarschijnlijk in de koffiehoek. Kunt u met een kwartiertje terugbellen?'

'Dan zijn we er al', zei Manzo.

Het konvooi politiewagens reed de toegangsweg van de Oranjekazerne op. Manzo zette zijn auto op het parkeerplaatsje buiten de poort en haastte zich naar het wachtgebouw.

'Er dreigt een aanslag!' riep Manzo tegen de bewaker. 'Groot alarm...'

Precies op dat moment moest in het wachtgebouw de melding van Appelaar aan de marechaussee binnen zijn gekomen. Het leek alsof de hele kazerne ontwaakte. Manzo zag militairen uit de gebouwen rennen. De bewaker drukte snel op de knoppen om de hekken te sluiten en de slagbomen neer te laten. Op dat moment hoorde Manzo dat er op zijn mobilofoon een oproep kwam. Hij rende terug en gebaarde zijn team naar binnen te gaan.

'Meld je alvast bij het stafgebouw', riep hij hen na.

Manzo nam op terwijl de eerste sirenes begonnen te loeien. Het was Appelaar.

'Alles en iedereen is in de hoogste staat van paraatheid', meldde hij. 'Er hangen al twee Apaches in de lucht.'

'Prima werk', zei Manzo. 'Heb je nog nieuws over de groep-Wardak zelf?'

'Nee, maar ik heb een eigenaardige melding van de tapkamer', zei hij. 'Dat lek naar de krant is mevrouw Bosselaar. Die zit Marianne Ooster de hele ochtend al te voeren met brokken informatie uit Bosselaars archief. Eén uitspraak viel op. Ze had een briefje van Fatima gevonden. Daar stond op dat de eersten de hoogsten zullen zijn. Of andersom. En: de dood gaat in het wit. Die Ooster zat er nogal over door te zeiken. Kun je daar wat mee?'

De bewaker kwam naar hem toe gerend.

'We sluiten nu alles af', zei hij.

Manzo hing op.

'De commandant', riep Manzo. 'Waar zit die eigenlijk?'

'In het Witte Klooster', antwoordde de man.

'Het Witte Klooster?' herhaalde Manzo.

'Bij de brigadestaf', legde de man uit. 'Aan de andere kant van de Koningsweg. Deze weg terug en aan het eind rechtsaf. Na driehonderd meter is het aan je linkerhand.'

Manzo keek hem verbijsterd aan.

'U bent de zoveelste die dat vraagt', ging de man verder. 'Ik heb vanochtend al heel wat veteranen teruggestuurd. Achter het Witte Klooster, het stafgebouw dus, ligt een strooiveld. Daar vindt momenteel een herdenkingsceremonie plaats.'

# 30 Finale

*'Heeft u de koffiejongen gezien?'*

Manzo schoot weg, nagestaard door de bewaker.

'Het stafgebouw', zei hij tegen zichzelf. 'Daar zit dat "hoog" van jou, Heleen... en daar gaan ze er dus als eerste aan.'

Hij was zo in gedachten dat hij de wegversperring op de Koningsweg pas op het laatste moment zag. Hij remde krachtig en de auto kwam vlak voor de militairen tot stilstand. Manzo toonde zijn legitimatie.

'Waarom staan jullie hiér?' vroeg hij aan een sergeant.

'Er is daarginds een ceremonie aan de gang. We hebben vanwege het alarm de Koningsweg aan beide kanten afgezet. Op afstand. Om niet te storen.'

'Goed', zei Manzo, en door de mobilofoon riep hij naar de rest van het politiekonvooi: 'Geen sirenes, doorrijden tot aan het roadblock, auto's in de berm parkeren, onopvallende waarneming rondom het stafgebouw...'

Ook Manzo parkeerde zijn wagen langs de weg. Bij het stafgebouw was nergens bewaking te bekennen. Er stond niet eens een hek omheen. De wegafsluiting was waarschijnlijk te laat gekomen. Ongelooflijk, dacht hij, als hier iets gebeurt met de staf, is de luchtmobiele brigade meteen onthoofd. En hier wordt verdomme de missie naar Uruzgan voorbereid! Staatsgeheimen te over!

Bij een bord met een plattegrond van de strooiplekken voor de gesneuvelden in verschillende operaties, stond een groepje oud-militairen. Een majoor gaf uitleg over de gps'jes waarmee ze de strooiplek van de kameraden konden vinden. Ze dronken koffie uit plastic bekertjes, zag Manzo. Op hetzelfde moment ontdekte hij de geparkeerde oldtimer. Manzo sprak de majoor aan.

'Heeft u de koffiejongen gezien?' vroeg hij, naar zijn pistool tastend.

'Ik dacht dat die jongen bij de veteranen hoorde...' zei de majoor.

De mannen deinsden achteruit toen Manzo zijn wapen tevoorschijn haalde. Hij toonde haastig zijn pasje.

'Ik heb geen tijd het uit te leggen. Het gaat me om die jongen.'

'Hij is net naar het stafgebouw gegaan om nieuwe koffie te halen', zei de majoor. 'Daar heeft hij zijn containers met heet water neergezet.'

'Containers? Waar?'

'In de koffiekamer', zei de officier. 'Begane grond, linksaf.'

Terwijl de majoor de veteranen naar de kapel naast het witte stafgebouw leidde, rende Manzo naar de voorzijde. De deur stond open. In de gang hoefde hij slechts op het gejoel af te gaan. Een groep officieren en onderofficieren bekeek in de koffiekamer de herhaling van het WK-optreden van Oranje. Niemand lette op hem. Hij baande zich een weg naar voren en zette de tv uit. Het werd doodstil.

'Ik ben Gorzak, politie. U moet het gebouw onmiddellijk verlaten. Acuut explosiegevaar.'

Tot zijn verbazing gehoorzaamden de militairen meteen. Even later doorzocht hij de kamer. Hij vond geen heetwaterreservoir.

'Jij en ik, Wardak', gromde hij en hij keek om de deur.

Behoedzaam deed hij een stap voorwaarts. De gang was leeg. Bij de eerste kamer die hij tegenkwam, stond de deur open. Hij pakte zijn pistool met beide handen vast en sprong naar binnen. Hij richtte op alle hoeken.

Niemand.

Pas toen drong de benzinelucht zijn neus binnen. Tegelijk zag hij een plastic bekertje op een computer staan. Hij rook eraan en vloekte. Benzine!

Snel werkte hij alle kamers af. Overal had Arash bekertjes achtergelaten. Na de benedenverdieping checkte hij het trappenhuis. Daarna stormde hij naar boven en doorzocht de eerste verdieping. Ook daar stonden op elke kamer bekertjes. Onopvallend, maar als er eenmaal vuur bij kwam... Ook op de tweede verdieping trof hij niemand aan... Zijn overhemd plakte aan zijn rug. De benzinelucht werd steeds sterker. Op de zolderverdieping was Arash royaler te werk gegaan. Er sijpelde benzine langs de balken. Als er nu brand uitbrak, zat hij in de val, realiseerde Manzo zich.

'Wardak', riep hij.

Arash kwam achterwaarts een deur uitlopen, hevig schuddend met een container. Manzo richtte zijn pistool op hem.

'Wardak, stop daarmee!'

Arash Wardak keek hem aan. Hij grijnsde. Langzaam tilde hij de container boven zijn hoofd. Een straaltje benzine liep over zijn haren in zijn nek en drong zijn kleding binnen. De container viel met een klap op de grond. De jongen grijnsde nog altijd. Hij stak zijn hand in zijn broekzak en haalde een aansteker tevoorschijn. De lucht was dik van benzinewalm. Arash riep iets in het Arabisch. Plotseling besefte Manzo dat de jongen alleen was. Zo alleen als je maar kon zijn.

'Doe het niet, Wardak!' schreeuwde Manzo.

In vertraagde beelden zag hij hoe Arash vlam vatte en zich rondwentelde. Hij gilde het uit. Manzo zocht naar een blusapparaat, terwijl Arash als een fakkel heen en weer zwalkte en overal om hem heen de vlammen hoog oplaaiden.

Naar buiten, weg hier, schoot het door Manzo heen. Een felle pijn drong diep in zijn longen toen hij de gloeiend hete lucht inhaleerde. Met zijn elleboog sloeg Manzo een raam kapot. Hij stapte naar buiten in de smalle dakgoot en schrok van de diepte onder hem. Hij kon niet springen! Een paar meter verder ontdekte hij een regenpijp... nee, dat haalde hij nooit. Vlak achter hem hoorde hij de schreeuwende Arash. Hij keek om, zijn verwrongen gezicht was dichtbij. Hij moest springen, nú! Arash' brandende arm kwam uit het raam. Hij trachtte Manzo naar binnen te trekken. Manzo deinsde achteruit en wankelde. De stank van verbrand vlees sloeg hem in het gezicht. Toen verloor hij zijn evenwicht en met een uiterste krachtsinspanning slingerde hij zich naar de regenpijp.

Twee uur later werd Heleen in het Nijmeegse Radboud Ziekenhuis van de intensive care gereden. Ze passeerde een tv. De journaallezer berichtte dat er een zelfmoordaanslag was gepleegd op de staf van de Elfde Luchtmobiele Brigade.

'Het honderd jaar oude stafgebouw is in vlammen opgegaan. De vermoedelijke dader is omgekomen. Er is één gewonde...'

Er naderde een brancard met twee ziekenbroeders. Op het

bed lag een man, met beide benen in het gips. Er zaten zwarte vegen op zijn hoofd. Toen hij vlak bij haar was, hief hij zijn arm op.

'Stop!' fluisterde Heleen.

Vier ziekenbroeders hielden in.

'Waar... was je?' bracht ze uit.

Manzo probeerde zich op te richten. Met moeite salueerde hij.

'De twaalfde man... hij is uitgeschakeld', zei hij.

'Niet... dood... gaan', bracht Heleen uit.

Manzo schudde met zijn hoofd.

'Jij ook niet', zei hij schor.

Heleen knipperde hevig met haar ogen. Ze strekte haar arm en greep zijn hand.

Ze lieten elkaar niet los.

'Zullen we ze maar op één kamer leggen', fluisterde een verpleger.

Op tv werd een foto van Manzo getoond.

Thuis zei Heleens moeder: 'O, dat is die man die ik op zijn neus geslagen heb!'

Die maand won Italië het WK voetbal.

# Nawoord

Op een dag was het idee er. Een interactief krantenfeuilleton tijdens de Maand van het Spannende Boek. Een misdaadroman in afleveringen, voor lezers die dagelijks zouden meebeslissen. Door middel van een multiplechoicevraag. Over de ontwikkeling van de plotlijn, de relatie tussen de hoofdpersonen of de betekenis van hun onderzoeksresultaten.

Toen de hoofdredactie van *De Gelderlander* het idee omarmde, was de basis voor dit boek geboren. Voor de zekerheid begonnen we er met z'n tweeën aan, want niemand wist hoeveel werk zo'n project met zich mee zou brengen. En hoeveel plezier, bleek ook. Normaal werkt een schrijver in stilte. Nu moesten we dagelijks lezers toelaten in ons heiligdom dat schrijfkamer heet. En gehoorzamen aan wat ze als antwoord gaven op onze voortgangsvragen. Bang waren we niet, wel bezorgd: wat als de lezers ons alle kanten op zouden sturen?

Juni brak aan. We dachten nog even dat elk van ons om de dag de honneurs kon waarnemen. In werkelijkheid werden de honneurs vanaf de eerste dag continu door ons beiden waargenomen. Talrijke versies van de afleveringen vlogen heen en weer. Een krantenfeuilleton stelt specifieke eisen. Elke dag concurreren met de rest van de krant. Dus elke dag moest er een onzichtbare hand uit de pagina komen die de lezer bij zijn keel greep en hem dwong vooral *De twaalfde man* te lezen. Geen kans om te verbeteren of verfraaien wat gisteren in de krant stond. Losse draadjes meteen repareren, anders was het moment voorbij.

De invloed van de abonnees was een verademing. Ten

eerste bleken onze lezers een fijne neus te hebben voor dát antwoord dat alles op scherp stelde. Zo verhinderden ze ons om in gemakzucht achterover te leunen. Ten tweede begaven sommige lezers zich op het forum. Met hun goed doordachte, intelligente en diepgaande kritiek, hulp en aanwijzingen reikten ze ons kant-en-klare bouwstenen aan. Ze waren voor ons een levende leerschool. Lucky, Juniper, Joke1980, David, Gangulf, His en vele anderen waren bereid hun inzichten in misdaad & spanning met ons te delen.

Een onzichtbare maar zeer aanwezige *Dritte im Bunde* was de chef redactie Berry Kessels. Hij fungeerde als de mens geworden tijd. Als auteurs zijn we gewend om een manuscript een paar maanden te laten 'rijpen'. In plaats van de tijd nam Berry dat rijpingsproces voor zijn rekening. Hij maakte ons elke dag attent op de fraaie kansen die we hadden laten liggen om de plot spanning, vaart en scherpte te geven. Hij wees feilloos aan welke 'darlings' we beter konden 'killen'. En hij bracht op subtiele wijze de taal- en denkfouten aan het licht waaraan we onderhevig waren. Dankzij hem hebben we nu tot onze opluchting maar weinig uit te leggen.

Tot slot voegde Cees Mooij zijn foto's toe. Surrealistische foto's, die veel weg hebben van pentekeningen. Blikvangers die een verrassende afwisseling vormen op de normale nieuwsfoto's.

Twee weken na de laatste aflevering in de krant lag dit boek er. Een ongehoord korte productietijd, die alleen dankzij de enthousiaste inzet van alle betrokken De Geus-medewerkers kon worden gerealiseerd.

Jac. Toes & Arnold Jansen op de Haar